AF372706

Anton von Perfall

Klippen
(Mystery-Krimi)

e-artnow 2018

Edgar Wallace
Der Mann von Marokko (Ein Fesselnder Krimi)

Franz Kafka
Franz Kafka: Die wichtigsten Erzählungen eines Genies: Das Urteil, Die Verwandlung, Ein Bericht für eine Akademie, In der Strafkolonie, Forschungen eines Hundes

Anton von Perfall
Truggeister (Ein Wirtschaftskrimi)

Theodor Fontane
Grete Minde

Willibald Alexis, Julius Eduard Hitzig
Kriminalgeschichten aller Länder aus älterer und neuerer Zeit: Der neue Pitaval

Anton von Perfall

Klippen (Mystery-Krimi)

e-artnow, 2018
Kontakt: info@e-artnow.org

ISBN 978-80-273-1198-9

Inhaltsverzeichnis

I.

Die bleigrauen, sturmgepeitschten Wogen jagten sich im starren, eisigen Nebel, schwarze, spitzige Riffe tauchten da und dort wie Seeungeheuer aus dem tosenden, schwankenden, ins Endlose zerfließenden Grau, um rasch wieder in schäumendem Gischt zu verschwinden, nur ein schwarzes, bald vor dem Anprall des Sturmes sich beugendes, bald wieder gerade sich aufrichtendes Gerüst hielt sich über den erregten Wassern. Dieses Gerüst war der Mast der ›Columbia‹, welche vor zehn Stunden an diesem Riff der Neufoundlandsbank sich zu Tode gestampft, mit seinen ächzenden, wie um Hilfe flehende Arme sich bewegenden Rahen, und die zwei dunklen Gestalten, die sich an dem Eisengeländer des Mars anklammerten, waren zwei junge Männer, der erbarmungswerte Rest des dritten und letzten Rettungsbootes, welches unter Führung des Kapitäns, überfüllt mit Menschen, kenterte, nachdem das erste und zweite, ebenso überfüllt, in Nacht und Nebel verschwunden war, wohl um ein gleiches Schicksal zu erleiden. Eine Woge nahm diese beiden halb erstarrten Männer auf ihren Rücken und warf sie auf das tafelförmige Gerüst aus Brettern und Bohlen, welches, auf die Salingen der Untermasten gelegt, den Mars bildet.

Sie erkannten sich nicht in der dicken Finsternis, der tosende Lärm der Wasser und des Sturmes erstickte jedes Wort, jeden Schrei, sie fühlten bloß ihre sich reibenden, stoßenden Körper, krochen, beglückt von diesem Gefühl des Lebens mitten im Tode, enger zusammen und umklammerten sich gegenseitig.

Die ›Columbia‹ hatte sich an einem unterseeischen Riff festgebohrt, es war unwahrscheinlich, daß sie tiefer sank, wenn nur der Mast dem Sturm Trotz bot, dann, – dann konnten sie hier erfrieren und verschmachten. Das war der qualvolle Gedanke der beiden in der endlosen Nacht. Sie sprachen ihn aus, indem sie sich die erstarrten Hände drückten, ihre triefenden Körper aneinanderpreßten, sich den warmen Atem in das Antlitz bliesen; wenn dann eine Sturzwelle über sie hereinbrach, und der Mast sich bebend hob aus dem eisigen, sie umgurgelnden Schleier, dann wurde wohl ein wilder Schrei hörbar, ein Ruf zu Gott, und die Hände griffen angstvoll nach dem Genossen, ob er nicht fortgerissen.

Ein Seil, das zerrissen von der Rahe herabhing, peitschte wiederholt ihr Antlitz, sie haschten danach und knüpften sich schweigend zusammen an den Mast, um den Halt zu vermehren. Der eine war groß und breit, der andere kleiner und schlank, sie fühlten es bei der Betastung. Einmal übertönte die grelle Stimme des Kleinen doch den Lärm der Elemente.

»Bemannung?« lautete das letzte Wort des Fragenden.

»Maschinist!« rang sich die Antwort durch.

»Noch Hoffnung?«

»Verloren!« klang es dumpf aus dem Munde des Genossen, und gleichsam zur Bekräftigung dessen bog sich der Mast jetzt wie eine Gerte, mit scharfem, splitternden Gekrach. Die Verbolzung der Marsstange hatte sich gelockert, vielleicht war auch einer der eisernen Ringe, welche die Mars- und Bramstangen verkuppeln, gesprungen, dem metallenen Klange nach.

Der Kleinere ergriff die Hand des Großen und drückte sie krampfhaft. Es war wie ein Abschied. Die Todesangst spannte die erstarrten Muskeln. Sein Haupt fiel mit einem jähen Ruck seitwärts auf die breite Brust des Leidensgenossen.

»Mut, Mut, der Tag kommt!« sagte dieser, indem er nach dem Munde des Unglücklichen tastete und ihm die noch einen kleinen Rest von Getränk enthaltende Schnapsflasche an die eisigen Lippen drückte; sie öffneten sich nicht mehr, die Zähne waren krampfhaft verbissen.

Das letzte Leben war wohl erloschen neben ihm, die Schauer der Verlassenheit schüttelten ihn. Er weinte um den Unbekannten, wie um seinen einzigen besten Freund.

Da traten allmählich die Wogenkämme aus dem Dunkel, ihre weißen Rücken leuchteten rings umher, er fühlte wieder einen Sinn, eine Waffe, – das Auge. Die furchtbare Leere bekam wieder Form, es war ihm, als verminderte sich die Höhe der Wogen und die Macht ihres Anpralls; sie bildeten jetzt sanfte Täler, gerundete Berge, schlichen wie riesige, geschmeidige Katzen unter ihm hinweg, ihn höchstens mit dem Rücken netzend. Neue Hoffnung erwachte.

Auch der Nebel hob sich, sein weißer, immer mehr sich mit Licht tränkender Saum ließ wie durch eine dünne Spalte den Anblick frei über die wogende Fläche; eine sanfte, rosige Färbung durchglühte ihn – der Morgen!

Der Starke blickte auf seinen Gefährten, dessen Haupt noch immer an seiner Achsel lehnte, er verspürte jetzt den warmen Atem durch seine Wolljoppe hindurch.

Er erinnerte sich, das zarte, von einem schwarzen Barte umrahmte Gesicht im Zwischendeck gesehen zu haben, wenn auch die fahle Blässe, die zerzausten, über das Auge hereingeschwemmten Haare, die Angst der durchlebten Nacht es entstellten.

Beim Anblick dieses Erschöpften fühlte er doppelt die ihm noch verbliebene Kraft.

Er löste die freiwilligen Fesseln, die jetzt nicht mehr nötig, und ließ jenen auf den Boden nieder, ihn gegen den Mastbaum lehnend, der jetzt nur noch leise hin und her schwankte, dann rieb er ihm das Gesicht mit Branntwein und frottierte seine Brust. Mit schwerem Seufzer erwachte der Bewußtlose und ließ seine Blicke mit fragendem Ausdruck umherschweifen auf der endlosen Fläche, bis sie zuletzt oben an dem Top, wo der Wimpel noch lustig flatterte, haften blieben. Dann tat er einen heftigen Griff nach seiner Brust, als suche er dort nach etwas, die Hände blieben kreuzweise verschlungen darauf liegen, als wollten sie etwas festhalten oder verbergen.

»Ermannen Sie sich,« sprach eindringlich der stärkere Genosse, »nur die größte Energie kann uns retten, jedes Nachgeben ist Tod.«

»Retten! Was? Wer?«

Die Augen des Unglücklichen erglänzten, seine Finger gruben sich in die Arme des Trösters.

»Ein Schiff! – Ein Boot vom Lande, – wir müssen nahe daran sein – alles ist möglich.«

»Ein Schiff! – Ein Boot! – Land! – Wo? Wo?«

Er richtete sich plötzlich in die Höhe, ängstlich sich an den Mast schmiegend, mit suchendem Blick umherspähend in der Wasserwüste.

»Wo? Wo?« klang es jammervoll.

»Noch ist keines zu sehen, aber es kann – es kann, mein Freund,« tröstete der andere.

»Es kann!«

Wieder drückte er ängstlich beide Hände an die Brust.

»Es wird aber nicht und wir müssen – o, das ist fürchterlich; – fürchterlich!«

Er klapperte mit den Zähnen, dabei bildeten sich Wasserperlen auf der feuchten, fiebrigen Stirne. Er sank ins Knie, die Füße versagten ihm den Dienst, er faltete die Hände.

»Retten Sie mich, ich kann es lohnen, ich bin reich, glauben Sie mir; – ich sehe nicht danach aus, aber ich bin es. – Hier unter meiner Weste –«

Er hielt plötzlich inne und sah mit einem angstvollen, mißtrauischen Blick auf den Genossen.

Ein harter Kampf ging in ihm vor.

»Gott, was soll's mir denn noch, es gehört Ihnen, alles Ihnen, Sie brauchen mich nicht umzubringen; – alles Ihnen, alles, – hier! – hier!«

Er nestelte an seiner gestrickten Weste.

»Wenn Sie mich retten, – nur nicht sterben, – o, nur jetzt nicht, jetzt nicht –«

Er umklammerte die Knie des Mannes.

Dieser schüttelte das mit einer Wollmütze bedeckte Haupt und blickte forschend über die Wasserfläche. Der Nebel hatte sich noch mehr gehoben, es war, als ob sich einzelne Strahlen des Tagesgestirnes in den Spalt zwischen ihn und das Meer drängen wollten.

Rosa Lichter tanzten auf den Wogen, da stutzte der Mann, eine ovale Kette schwarzer Klippen zog sich in der Ferne hin, und dunkle Umrisse schimmerten durch den weißen, flimmernden Dunst. – Wenn es Land wäre und die Klippen-Kette dahinführte! Er war ein geübter Schwimmer und die Klippen boten Ruhestationen.

Allein konnte es gelingen, mit einer Last nimmermehr. Jedenfalls war es der äußerste Versuch, aber er dachte ihn auch nicht zu lange hinauszuschieben, auch er fühlte seine Kräfte schwinden. Er dachte nicht einen Augenblick an die Versprechungen dieses Menschen, was kümmerte ihn jetzt Reichtum, wo es sich um das nackte Leben handelte.

»Hier, – hier, – nehmen Sie alles!«

Der Kleine riß seine Weste auf und entnahm ihr mit zitternden Fingern ein durchnäßtes Paket.

Der andere machte eine verächtliche Bewegung.

»Lassen Sie das dumme Zeug, eine Flasche Schnaps wäre jetzt wertvoller. – Es geht nicht.«

»Was? Ums Himmels willen, was?« stammelte jener.

»Dort, von Klippe zu Klippe. – Sehen Sie die schwarzen Punkte, – sie sind keine hundert Meter auseinander; – die See beruhigt sich, – können Sie schwimmen?«

»Mein Gott, das kann ich nicht, – aber Sie können es, – Sie werden mich verlassen und ich muß allein –«

Er stieß einen schrillen, fast wahnsinnigen Schrei aus.

»Erbarmen! – Töten Sie mich zuerst, – stoßen Sie mich hinunter!«

Er umschlang bei diesen Worten fester den Mast, sein Gesicht war verzerrt, ein Zittern durchlief seinen Körper.

»Nein! Nein!« flüsterte er. »Es kommt ja auch so schon der Tod, – warten Sie nur noch ein wenig. – ein wenig, – ich, – ich hab Ihnen noch was zu sagen, – ich kann nicht sterben damit –«

»Sprechen Sie, wenn Sie noch etwas auf dem Herzen haben; – es wird zwar nichts nützen, da ich Ihnen bald folgen werde, – aber es erleichtert Sie vielleicht,« ermahnte der Große.

»Wenn ich aber nicht stürbe, – wenn doch –«

»Rettung käme, meinen Sie? Dann schwöre ich Ihnen, daß kein Wort über meine Lippen kommt von dem, was Sie mir anvertrauten. Aber eilen Sie, ich fürchte, Sie haben nicht mehr lange Zeit.«

»Ja, Sie haben recht, – aber es ist so hart.«

Die höchste Seelenqual malte sich in seinem Antlitz.

»Dieses Paket, – um das handelt es sich, – – es – es klebt Blut daran; – fünfzigtausend Dollars in Banknoten.«

Plötzlich unterbrach er sich, hob sich mit letzter Kraft empor und spähte in die Ferne.

»Hören Sie nichts? Ein Signal! Und dort – dort –«

Er streckte den Arm aus.

»Ein Schiff! Mein Gott, ein Schiff! – Was hab ich denn gesagt? Hören Sie nicht darauf, – die Angst, – die Kälte –«

Er raffte das Paket zusammen und versuchte, es wieder zu sich zu stecken.

»Sehen Sie denn nicht? – Dort – die Segel! Schreien Sie doch! Hallo! Hoe!« kreischte er.

»Sie irren sich, weit und breit ist nichts zu sehen. Ich habe gute Augen und Ohren, verlassen Sie sich darauf.«

»Nichts!« seufzte der andere und sank wieder in sich zusammen.

»Nun denn, es muß sein. Mein Name, – Henry Smidt, – war im Dienst bei John Crosby auf Crosbys Farm, Missouri bei Pèoria, – liebte seine einzige Tochter Bessy, – sie wies mich ab, der Alte lachte mich aus, – da verkaufte er die Farm, – ich fuhr ihn nach Hause von Pèoria, wo das Geschäft abgemacht wurde, vor sechs Wochen, – er war betrunken, er zog mich auf mit Bessy; – wir fuhren durch den großen Wald, – er fing immer wieder an, – da packte mich die Wut, ich schlug nach ihm, er zog den Revolver, ich war flinker, ich erschoß ihn. – Bei Gott, ich dachte nicht an das Geld in seinem Gürtel, – aber als ich ihn tot sah, dachte ich daran, – fliehen mußte ich, – weiß Gott, wer ihn findet mit dem vielen Geld, – und Bessy soll es nicht verlieren, ich wollt's ihr schicken, – so nahm ich's denn mit –«

Er machte eine lange Pause, auch der andere schwieg, die Wogen wiegten jetzt wie versöhnlich schmeichelnd den Mast, und die Sonne rang mit dem Nebel.

»Jetzt, wo's zu Ende geht, – ja, es geht zu Ende, – jetzt ist's mir gerad, als ob alles Blut wäre da herum, als ob's über mich zusammenschlüge; – alles Crosbys Blut! – und dann die Bessy, – ich hab sie wirklich lieb gehabt, sie muß jetzt dienen ihr ganzes Leben, und ich nehm ihr ganzes Gut da mit hinunter auf den Grund. – Das darf nicht sein, – sie muß es wieder haben, – vielleicht, – o, das Sterben! – das Sterben! – Wenn der Crosby mir begegnet, – mein Gott, hab Erbarmen!«

Ein Schüttelfrost befiel ihn, sein Gesicht verzerrte sich qualvoll, – ein flehender Blick traf den Gefährten.

»Und ich soll Bessy Crosby dieses Geld zurückbringen? Das wollen Sie doch?«

Der Sterbende nickte mit dem Kopfe.

»So will ich's.«

Dann ward sein Blick plötzlich drohend, neues Leben zuckte darin auf.

»Und wenn Sie es nicht tun, – wenn Sie, – dann, – dann sind Sie der Mitmörder des Crosby, und wenn einst Ihre Stunde, – – o, es stirbt sich hart mit so etwas, – glauben Sie mir, – und –«

Seine Stimme wurde plötzlich ganz leise, zitternd hob sich seine Brust.

»Sagen Sie der Bessy, daß sie mir vergeben soll, – daß ich alles bereue, – daß es mir nicht um das Geld zu tun war, – nur der Zorn, – sie war so lieb, die Bessy; – – der Mitmörder, hören Sie, – der –«

Ein langer Seufzer, – er schloß die Augen und sank in die Arme seines Gefährten zurück, das Paket noch immer in den verkrampften Fingern.

Der andere atmete schwer auf, die furchtbare Last des Bekenntnisses ruhte auf ihm. Er löste das Paket aus der Hand des Genossen, sah ihm noch einmal in das bleiche Antlitz und tat den stillen Schwur, seinen letzten Willen zu vollziehen, wenn er am Leben bliebe.

Als er aufblickte, war ein Riß im Nebel, der bis an das Ende der Klippenkette lief. Eine felsige Küste hob sich aus der Flut, – ein Freudenschrei entrang sich seiner Brust! – Noch einen Blick auf den Gefährten, ein Griff in die Tasche, wo sein Vermächtnis steckte, dann sprang er über das Geländer in die Flut.

Aus der ersten Klippe glücklich angekommen, blickte er zurück, er glaubte, sich etwas bewegen zu sehen auf dem verlassenen Mars, einen schwachen Ruf zu vernehmen, doch rasch wälzte sich der Nebel wieder da vor. Er hatte keine Zeit zu verlieren, noch lag eine weite Strecke vor ihm, und das Wasser war eisig kalt.

Die dritte Station war ein etwas breiterer Felsrücken, es gelang ihm, das kleine Plateau zu erklimmen; seine Kräfte waren erschöpft, die Glieder starr, und das Ufer schien noch endlos fern.

Wenn seine Notrufe nicht gehört wurden, wenn die Küste unbewohnt war, so fiel er den Seevögeln zum Fraß, die ihn in Scharen umkreisten, und Bessy erhielt nimmer ihren Schatz.

Er rief mit dem letzten Aufgebot seiner Kräfte; die Möwen und Albatros, die blitzschnellen, verhöhnten ihn mit ihrem Geschrei, das wie gellendes Gelächter rings umher klang; – dazwischen war es, als ob Henry Smidt, der Mörder, seinen Namen rief, – dann schwand ihm das Bewußtsein.

*

Er erwachte in einem Bett, in einer niederen, warmen Stube. Ein alter Mann saß beim Ofen und strickte ein Netz; sein erster Gedanke war der unglückliche Gefährte.

»Wie komme ich hierher?« fragte er.

Der Alte fuhr jäh zusammen, ließ das Netz fallen und rief in einer fremden Sprache mit einer rauhen Stimme etwas zur Tür hinaus.

Auf Holzschuhen klapperte ein baumlanger Mensch herein, stellte sich vor das Bett, die Hände in den weiten Hosen, und lachte gutmütig.

Bernhard Weltz – das war der Name des Geretteten – wiederholte seine Frage auf Englisch. Der junge Riese deutete immerfort lachend mit dem Finger auf seine eigene Brust.

»Auf den Snaks fanden wir Sie, wie einen gestrandeten Stör.«

Er deutete zu dem niedrigen Fenster hinaus.

»Wann?« fragte Bernhard.

»Gestern Morgen.«

»Und der andere? – Es ist ja noch einer, keine Viertelmeile von dem Platz, wo ich, – saht Ihr denn nicht den Mast? –«

Der Mann schob das Priemchen in die andere Ecke des Mundes und, immer lächelnd, nickte er schwerfällig. »Habe ich schon gesehen, aber erst heute. Gestern Nebel, – alles leer.«

Er strich langsam mit der Fläche der Hand durch die Luft.

»Wollen Sie sehen?« Er nahm von dem Schrank herab ein Fernrohr, öffnete das Fenster und stellte das Glas ein. »Gerade links am Fensterkreuz vorbei.«

Bernhards Hand war zu schwach, das Rohr zitterte in ihr. Der junge Mann hielt es ihm, nachdem es eingeschraubt war.

Ein glänzender Sonnenschein breitete sich draußen, dicht vor dem Fenster über das tiefblaue, leicht bewegte Meer, die Riffe ragten jetzt weit heraus. Er folgte der Kette bis zum letzten Glied. Da stand der Mast der ›Columbia‹ wie festgewachsen, der Mars war leer. Herausgefallen konnte der Gefährte nicht sein, das Geländer war zu hoch, das Wetter ruhig. Wenn er nochmals erwacht wäre und in seiner Verzweiflung den Tod in den Wellen gesucht hätte?

Oder hatte doch ein Schiff, ein Boot den Sterbenden oder den Toten aufgenommen? – Gleichviel, und selbst wenn er noch lebte, – der Auftrag an Bessy mußte erfüllt werden.

»Wo bin ich hier?« fragte er weiter.

»Kap Sable! Neu-Schottland.«

»Wie kann man am schnellsten das amerikanische Festland erreichen?«

»Von Sormsuth, zehn Seemeilen von hier, – Dampfer nach Belfast jeden Mittwoch,« antwortete der Blondkopf.

»Sind keine Boote gelandet hier, in der Nähe von der ›Columbia‹, das ist nämlich die ›Columbia‹ da draußen. Liverpooler Steamer, hundertundfünfzig Passagiere.«

Er erregte sich über die Kälte dieses Menschen.

»Nichts gehört,« erwiderte der, ohne aus seiner Ruhe zu kommen. »Hatten scharfen Südwest, werden gegen Norden getrieben sein.«

»Hältst du es für möglich, daß ein Schiff oder ein Boot zwischen heute und gestern während des Nebels die ›Columbia‹ dort passiert und meinen Kameraden mitgenommen hat?«

»Ein Schiff oder Boot? Möglich wär's, warum nicht, nach Halifax, – aber einen toten Mann nimmt man nicht an Bord.«

»Wer sagt dir denn, daß der Mann tot war, oder hältst du es für unmöglich, daß er aushielt?«

»Sie hätten's ja auch nicht mehr ausgehalten, keine Stunde mehr, wenn wir nicht gekommen wären, der Alte dort und ich, wir holten unsere zerfetzten Netze; – verdammter Südwest das! Wer denkt daran, bei der Zeit! Alles verkehrt seit ein paar Jahren.«

Der Mann wurde jetzt von einer Frauenstimme gerufen.

»Ja, er hat recht, er konnte es nicht aushalten, auch wenn noch Leben in ihm war, als ich ihn verließ,« dachte Bernhard und blickte immer wieder durch das Rohr. Oft war es ihm, als erblicke er etwas, als stände der Unglückliche aufrecht am Mast und drohte zu ihm herüber, aber daran war nur die Schwankung seiner zitternden Hand schuld. Ein Mörder fand seinen verdienten Lohn, was weiter!

Das Paket auf seiner bloßen Brust drückte ihn wie eine schwere Last.

Die Sonne sank glühend herab in das Meer, schwarz hob sich jetzt der Mast der ›Columbia‹ von der wallenden Glut, er konnte den Blick nicht von ihm wenden. – –

II

Der Mord auf Crosbys Ranch machte den ganzen Winter viel von sich reden. Solche Bluttaten gehörten in den letzten Jahren zu den Seltenheiten, und gerade dieses County erfreute sich der größten Sicherheit. Außerdem genoß Tom Crosby als alter Pionier von Missouri überall die größte Achtung, obwohl seine Feinde alte Gerüchte über seine etwas zweifelhafte europäische Vergangenheit immer von neuem aufwärmten; doch damit nahm man es hierzulande nicht so genau. Auf neuem Boden ein neues Leben! Wer nur das Richtige anfängt und in diesem ein richtiger, brauchbarer Bürger wird.

Am meisten Teilnahme aber erregte bei dem blutigen Ereignisse die Tochter Crosbys, die vielumworbene Bessy, welche damit ihr ganzes Vermögen verlor und anstatt mit ihrem Vater, der gegen ihre dringende Vorstellung die Farm um einen allerdings sehr hohen Preis verkauft hatte, in die Großstadt zu ziehen, nun auf ihrem früheren Eigentum, wo sie die Herrin so vortrefflich zu spielen verstanden, dienen mußte.

Mac Taylor, ein Irländer, der neue Besitzer von Crosbys Ranch, machte ihr sofort großmütig den Antrag, als Wirtschafterin einzutreten, ihre Tüchtigkeit wohl kennend, und zur allgemeinen Verwunderung nahm sie den Antrag an, obwohl jeder wußte, daß sie erst kurz zuvor dem Sohne desselben Mannes, zum Verdrusse beider Väter, einen Korb gegeben. Man konnte sich das nur aus der übergroßen Anhänglichkeit Bessys an die alte Heimat erklären, wie hätte sie sonst die Demütigung ertragen, den abgewiesenen Freier zum Dienstherrn zu haben; ja, man vermutete fast, ihr Stolz sei durch das plötzliche Unglück völlig gebrochen, und sie hoffe, ihre übereilte Abweisung wieder gut machen und auf diese Weise wieder Herrin werden zu können auf Crosbys Ranch.

Sie änderte nichts in ihrem selbstbewußten, schroffen Wesen; wie zuvor sah man sie jede Woche zweimal zu Pferd oder zu Wagen nach Pèoria kommen, ihre Geschäfte, Ein- und Verkäufe, zu besorgen. Sie ließ sich nichts anmerken von ihrer Dienststellung, und die Leute wollten sie nicht kränken mit darauf bezüglichen Fragen, oder sie wagten es nicht, solche zu stellen. Beileidsbezeugungen, Ausdrücke des Mitleids über das unglückliche Ende des Vaters wies sie schroff ab. Jungen Männern, welche die stolze Bessy jetzt gefügiger glaubten und sich mit neuem Mut an sie heranwagten, ging es noch schlimmer, wie früher. Es war dies um so mehr zu verwundern, als der junge Taylor, ein roher, trunksüchtiger Mensch, öffentlich in allen Wirtshäusern erklärte, es fiele ihm gar nicht ein, dieses hochnäsige Bettelkind zu heiraten, zur Arbeit sei sie ja ganz recht, und es freue ihn, gerade ihr befehlen zu können.

Auf was wartete sie denn noch, daß ihr keiner gut genug war?

»Auf die fünfzigtausend Dollar, die ihr der Henry Smidt schickt, um Crosbys Ranch zurückzukaufen,« sagte ein Spottvogel.

Diese Worte machten die Runde im ganzen County, sie kamen auch Bessy wieder zu Ohren.

»Das ist viel eher möglich, als daß ich von diesen Einfaltspinseln einen zum Mann nehme,« erwiderte sie darauf. »Ich bin überzeugt, daß er den Vater nicht um des Geldes willen umgebracht hat. Weiß Gott, wie es zuging, er war oft recht hart mit ihm, der Vater.«

Ein Schuldbewußtsein klang aus diesen Worten, eine milde Auffassung, die von ihr doppelt überraschen mußte. »Sie ist verrückt geworden über all dem Unglück und hofft wirklich im stillen, was der Spottvogel erdacht,« war die allgemeine Ansicht.

*

Bernhard Weltz hatte kein Glück in seinem bisherigen Leben gehabt. Die Mutter starb früh, sein Vater, ein kleiner Kaufmann in einer deutschen Provinzstadt, machte Bankerott und schoß sich eine Kugel vor den Kopf, als Bernhard noch ein Kind war; Verwandte sorgten für ihn, so lange, bis er selbst kümmerlich etwas verdienen konnte.

Die Vergangenheit seines Vaters war ihm hinderlich, sein Name verfehmt in der Heimat; für solche Leute ist Amerika die einzige Zuflucht.

Drei Jahre schlug er sich mit seinen kräftigen Armen redlich durchs Leben, mehr Zufall als Neigung führte ihn zum Maschinenfach. Des Fabriklebens überdrüssig, war er vor wenigen Wochen als Maschinist auf der ›Columbia‹ eingetreten, die nun tief auf dem Meeresgrunde lag.

Die grauenvollen Stunden im Mars des Schiffes, die Beichte seines Unglücksgefährten und dessen letzter Auftrag versetzten ihn in einen sonderbaren, verworrenen Zustand. Er war sich, als er das Fischerhaus verließ, um den Dampfer nach Belfast zu besteigen, keinen Augenblick eines unredlichen Gedankens bewußt; unter dem frischen Eindruck der angstvollen Stunden, in welchen auch ihn der Tod gestreift, des qualvollen Bekenntnisses einer schuldbelasteten Seele, war er durchdrungen von dem Bewußtsein seiner eingegangenen Verpflichtung.

Noch immer schwebte ihm der durchdringende Blick des Sterbenden vor Augen, noch tönten ihm dessen letzte Worte im Ohr: ›Sie sind der Mitmörder, wenn Sie –‹ und doch verursachte ihm das Paket auf der Brust peinliche Unruhe.

Es war ein großes Vermögen, fünfzigtausend Dollar, und er nannte deren nicht einmal fünf sein eigen.

Er besann sich schon, ob er nicht irgendwo das Geld bei der Polizei hinterlegen sollte zur Uebermittlung an Bessy Crosby. Das wäre das einfachste gewesen, und er wäre die Unruhe los geworden. Weshalb mit der Reise Zeit verlieren, er wollte kein Trinkgeld, – am Ende wurde er gar noch in Unannehmlichkeiten verwickelt, hielt man ihn beteiligt an der blutigen Tat. Andererseits hatte er so wie so im Sinne, nach Missouri, seinem früheren Aufenthaltsort, zurückzukehren, um dort eine Stellung zu suchen, dann ging es ja in einem hin, und er konnte sich diese Bessy einmal ansehen, die ›schöne Bessy‹, wie sie der Mörder nannte; eine kleine Vergütung sprang doch vielleicht dabei heraus, und die hatte er auch verdient.

Als er in Belfast zum ersten Mal das Paket öffnete, – er hatte bis jetzt nicht einmal die Schnur zu lösen gewagt, – um den Betrag für seine Weiterreise zu entnehmen, befiel ihn ein nervöses Zittern beim Anblick der Banknoten; es waren hundert Stück zu fünfhundert Dollar, – er hatte nie so viel Geld gesehen.

Hätte er nur den Betrag der Reisekosten als Eigentum besessen, er hätte das Paket nicht berührt, es war ihm, als lege er mit Unrecht die Hand an das fremde Gut, aber er mußte es tun, denn übergab er es dem Gericht, hatte der Empfänger gewiß noch mehr Unkosten, sagte er sich selbst.

Er nahm nur das Notwendigste heraus und verrechnete im stillen jeden Cent, den er ausgab, um strenge Rechenschaft geben zu können.

Die Fahrt war lang, die Nächte verbrachte er schlaflos, er fürchtete für seinen Schatz.

Da kamen allerlei Gedanken über ihn in dem überfüllten Coupé. Wenn diese Leute um ihn wüßten, wie reich er war, in seinem Wollkittel, seiner verbrauchten Kleidung, – er! Er mußte lachen über diese Idee! – Wie sich das alles herumquält, landein, landaus, mit Hacke und Quersack, Weib und Kind, um das zu erhaschen, was er in der Tasche hatte. Ein großes Glück, wem es der Herrgott in den Schoß legt oder gar nimmt und dann wiedergibt, wie dieser Bessy Crosby!

Sie ist ihm nicht zu kleinem Dank verpflichtet; wenn der Unrechte mit Henry Smidt zusammengetroffen wäre im Mars der ›Columbia‹, hätte sie das Nachsehen gehabt, und es gibt viele solche Unrechte, die mit voller Sicherheit, nie entdeckt zu werden, 50 000 Dollar einstecken. –

Er drückte den Kopf in die Ecke, starrte auf die schwankende, brennende Oellampe an der gewölbten, niederen Decke, deren düsterer Schein über schnarchenden Männern in allen Stellungen, Weibern mit schreienden Säuglingen an der Brust, ärmlichem Gepäck gaukelte, – plötzlich sprang er auf und stampfte mit dem Fuße, er hatte sich auf einem unsauberen Gedankengang ertappt.

Ein Mann, der neben ihm schlief, erwachte von dem Geräusch und glotzte ihn mit dem gläsernen Blick eines ermatteten Reisenden an.

»Schon in Richmond?« fragte er, sich die Augen reibend.

»Steigen Sie auch aus?«

»Nein, Pèoria, Missouri,« entgegnete Bernhard.

»Gute Gegend! Besser wie hier. – Was heißt gut? Alles eins, man kommt nirgends auf einen grünen Zweig. Gut? Ja, wer Geld hat, aber unsereins, – alles eins, – Sklaverei!«

»Das kann man sich ja erwerben, das Geld, hierzulande, Tausenden ist es schon gelungen,« bemerkte Bernhard.

Der andere lachte. »Erwerben?« Er machte eine komische Diebesbewegung mit der rechten Hand.

Bernhard wurde feuerrot.

»Sie werden doch nicht behaupten wollen, daß jeder –«

»Jeder gerade nicht,« unterbrach ihn sein Nachbar, »und es braucht ja auch nicht gerade so zu sein.« Er wiederholte die Bewegung. »Es gibt allerhand Arten und Namen dafür, schöne Namen sogar, aber es läuft alles auf dasselbe hinaus, – ein Narr, der nicht mittut. Es handelt sich ja bloß um die ersten Tausend, dann kann man zeitlebens den Ehrsamen spielen, und kein Mensch fragt danach. – Mein Gott, ja, – das erste Tausend, – um das handelt es sich.« Er machte es sich wieder in der Ecke bequem und schnarchte bald von neuem.

Bernhard überdachte seine Worte.

Die ersten Tausend! Da hatte jener ganz recht, aber warum sollte man diese nicht ehrlich verdienen können durch Arbeit? – Durch Arbeit! Das ging allerdings schwer ohne besonderen Glückszufall; – er arbeitete doch auch unverdrossen, aber seine Ersparnisse waren gleich Null. Durch eine glückliche Idee? Eine Erfindung? – Auch das ist schwer zu erreichen. – Durch, – eine Heirat? Die Amerikanerinnen wollen keinen armen Mann, sie wollen gut leben, sich putzen und keine Hand rühren. – In der Stadt, – aber auf dem Lande wird das auch anders sein! Und es könnte sich ja auch ein reiches Mädchen finden, das auf das Geld nicht Rücksicht zu nehmen braucht, – das aus Liebe, – aus, – aus, – aus was könnte man denn noch heiraten? – »Aus Dankbarkeit –« sagte er plötzlich laut vor sich hin. Und vor seinen geschlossenen Augen stand ein großes, schönes Mädchen, schwarzhaarig, schwarzäugig, wie es sein Ideal war, und er legte in ihre kleinen weißen Hände das Paket aus seiner Tasche. – Bessy Crosby!

Der Gedanke durchflutete plötzlich sein ganzes Innere, er dachte nicht daran, sich dagegen zu wehren, und spann ihn immer mehr aus. – Sie verdankte ihm ihre Zukunft, ohne ihn mußte sie dienen, Henry Smidt sagte es; er war ein hübscher junger Mann, der schon mancher den Kopf verrückt, – war da etwas Unrechtes dabei?

Was tut er denn, als die Gelegenheit, die ihm in den Schoß fällt, ausnützen! Zwingen kann er sie ja nicht, – ja, es kommt erst darauf an, ob sie ihm gefällt, verkaufen will er sich gar nicht.

Wenn es zuträfe, daß sie sich für einander eigneten, daß sie sich lieb gewännen, dann wäre es ja ganz gleich, ob die 50 000 Dollar sein oder ihr Eigentum wären, dann gehörten sie ja ihnen zusammen. – – Ein heftiger Ruck weckte ihn aus seinen sich immer üppiger entfaltenden Träumen. Der Eisenbahnzug stand still.

»Richmond!« rief der Beamte in den Wagen.

Bernhard weckte seinen Nachbar, der wohl noch immer von dem ersten Tausend träumte.

Der nahm den Sack, auf dem er lag, auf die Schulter und wankte schlaftrunken hinaus.

»Viel Glück zum Erwerben!« sagte er lachend und wiederholte seine Bewegung von vorhin.

Der Zug rollte wieder in die Nacht hinaus, an flammenden Hochöfen vorbei, deren Glut auf einen Augenblick das Coupé beleuchtete, an hell erleuchteten, ruhelosen Fabriken, endlosen Flächen, durch schweigende Wälder.

Bernhard entwarf einen Plan: Auf welche Weise wollte er ihr entgegentreten? – Darauf kam alles an. Wenn er sie zuerst beobachten würde? – Der Geschmack dieses Henry Smidt war für ihn nicht maßgebend. – Vielleicht war sie stolz und wollte mit einem armen, dahergelaufenen Teufel nichts zu tun haben! Das merkte man ja gleich. Zwar hat sie jetzt die Last der Armut selbst kennen gelernt, und mit dem Stolz wird es vorbei sein, aber wenn sie sich wieder im Besitz der 50 000 Dollar sieht, dann denkt sie wohl auch anders darüber, und dann ist es zu spät, – wozu? – Zum Werben! Also – – Wie wenn ein schwerer, bedrückender Traum ihn ängstigte, so war ihm zu Mute.

Erschlafft von der Reise, entschlußlos, verwirrt von den Gedanken, kam er nach drei Tagen in Pèoria an und stieg in einem Hotel niederster Klasse ab; er lebte ja von Bessys Gelde.

Das Gasthaus war angefüllt mit Leuten vom Lande, meist arbeitsuchendem Volke. An der Bar unten ging es lebhaft her, Whisky und Bier flossen in Strömen.

Bernhard ärgerte sich über seine abgerissene Kleidung. Für was werden ihn die Leute halten? Für einen Stromer. Er hätte sich zuerst ordentlich kleiden sollen, so konnte er doch mit seinen Absichten Bessy nicht entgegentreten. – Das wäre eine übertriebene Gewissenhaftigkeit.

Die guten Leute schienen sich indes nicht viel Gedanken darüber zu machen, sie sahen selbst alle ähnlich aus. Man bot ihm einen Trunk und zog ihn in die Unterhaltung, ohne ihn besonders auszufragen. Wer sollte er denn sein, als einer von den Tausenden, die jährlich den amerikanischen Boden düngen? – Zuerst war ihm das angenehm, dann stiegen plötzlich Bedenken in ihm auf, es könnte ihm später vielleicht peinlich sein, für einen solchen gehalten zu werden; warum, war ihm selbst nicht klar.

»Frisch von drüben wohl?« fragte ihn endlich einer.

»Sehe ich denn so grün aus? Schon drei Jahre im Lande,« entgegnete er; dann nach einer Pause, während ihn der Mann von oben bis unten musterte, sagte er: »Hab's jetzt satt, das Herumtreiben, und möchte einmal eigenen Boden unter meinen Füßen haben.« Er wußte selbst nicht, wie er zu dieser Lüge kam; es kam ihm so plötzlich, und um seine Verlegenheit zu verbergen, leerte er auf einen Zug das Whiskyglas vor sich.

»Ah was, ankaufen wollen Sie sich? So weit sind wir schon?«

Wieder traf ihn ein prüfender Blick. Sein Aeußeres schien so wenig im Einklang mit seinen Worten.

»Kugle schon vierzehn Tage auf der Eisenbahn herum, man kommt ganz herunter dabei, was soll man lang Gepäck mitschleppen?« entschuldigte er sich gewissermaßen; jetzt ging das Lügen schon besser.

Das Wort ›ankaufen‹ übte auf alle Umstehenden eine magnetische Wirkung aus. Ein neuer Zuwachs, neue Hände, vielleicht ein Nachbar, vielleicht ein Nachfolger, eine neue Konkurrenz. Die gemischtesten Gefühle regten sich.

Bernhard sah sich plötzlich zu seinem Schreck in die Mitte des allgemeinen Interesses gezogen; das wollte er nicht, – seine falsche Aussage mußte ja bald an den Tag kommen, was dann? –

Wie kam er nur dazu? – Das Paket in seiner Tasche war an allem schuld, es wirkte wie ein böser Zauber; er glaubte selbst nicht mehr daran, daß er arm war, ein völliger Habenichts. Es war höchste Zeit, daß er es angab, sonst vergiftete es ihn durch und durch.

Ein großer, blondbärtiger Mann mit aufgedunsenem Gesicht trat schwankenden Schrittes in das Lokal. Man stieß sich an, lachte.

»Es wird alle Tage besser, wie lange er's noch treibt?«

»So lang's die Bessy treibt!« erwiderte ein junger Bursche. »Und das ist nicht mehr lang, glaube ich, müßte auch dumm sein –«

Bernhard gab es einen Stich bei dem Namen.

Bessy! Der Name ist zwar geläufig hier zu Lande, er wagte nicht zu fragen.

Der blonde Mann trat mit roher Bewegung an die Bar.

»Schon fleißig, Patrik?« fragte ihn derselbe, welcher vorhin Bernhard angesprochen hatte.

»Geht's dich an?« war die barsche Antwort. »Wenn einen der Verdruß schon in aller Frühe aus dem Haus treibt! Der Alte ist ja verrückt mit dem Frauenzimmer, ich glaub', er heiratet sie selber noch!«

Allgemeines Gelächter erscholl.

»Na, seid ihr nicht selber alle vernarrt in die Person? Die schöne Bessy! Die kluge Bessy! Die Teufelsbessy, ja, das wäre das Richtige. Da wäre ich der Knecht und sie die Herrin, – Racker –.« Er stieß das Bierglas auf, daß es in Scherben sprang.

»Jedenfalls ist das keine Benennung für eine Dame, das tut kein Gentleman,« bemerkte Bernhard, der diesen Menschen instinktiv haßte.

Dieser sah ihn groß an, seine weiße Stirn ward blutrot.

»Was will denn der Kerl?« brüllte er, indem er Miene machte, aus ihn einzudringen, doch die übrigen verhinderten ihn daran. Bernhards mutiges Eintreten für das ihm ja offenbar unbekannte Mädchen erwarb ihm ihre Sympathie. Sie waren bei ihrer schwachen nationalen Seite gepackt, bei ihrem Gentlemantum; man beschimpft keine Lady hierzulande, unter keinen Umständen.

»Sei doch vernünftig, Patrik, old Boy! Der Herr ist ein Gentleman, du mußt es selbst zugeben, wenn du nüchtern bist. – Vielleicht machst du noch ein gutes Geschäft mit ihm, er will Land kaufen!«

»Der?« Patrik stand mit gespreizten Beinen und lachte höhnisch: »Der sieht danach aus! Müßte höchstens einen Crosby gefunden haben!«

Kaum war der verhängnisvolle Name über seinen Lippen, da traf ihn auch schon ein Faustschlag Bernhards mitten in das Gesicht.

Die Leute waren so erstaunt über die Wirkung dieses Namens auf einen Fremden, der zum ersten Mal hierher kam, und der Schlag erfolgte so rasch, daß ein Einspringen unmöglich war.

Patrik brüllte wie ein getroffener Stier und griff nach seinem Gürtel; zum Glück war er leer. Da traf ihn der zweite Schlag, der ernüchterte ihn; von der Gewalt des Anpralles taumelte Bernhard gegen die Eingangstüre zurück. Ein vielversprechender Fight begann, jetzt war es so weit, daß man sich nach Landessitte nicht mehr darein mischte, sondern mit Vergnügen zusah, wie in der Boxer-Arena.

Was Bernhard an Stärke fehlte, ersetzte er durch Gewandtheit, außerdem schien ihn ein unbegreiflicher Haß zu beseelen gegen seinen Gegner, dem der Whisky ein schlechter Helfer war.

Plötzlich unterlief er ihn, hob ihn vom Boden und warf ihn zur offenen Türe hinaus.

Der Mann kollerte mit einem dumpfen Wutschrei dicht vor die Hufe eines eben dort haltenden Pferdes, die Reiterin parierte dasselbe gerade zur rechten Zeit. Unter der offenen Türe stand Bernhard noch im Zorn des Kampfes, sein blondes Haar fiel ihm zerzaust in die blutende Stirne. Patrik erhob sich, die Reiterin, eine hohe, schlanke Erscheinung – das dichte Schwarzhaar aufgebunden unter einem hellgrauen Hut, wie ihn die Cowboys zu tragen pflegen, – lachte hell auf, indem sie sich aus dem Sattel schwang.

Patrik wurde purpurrot, wischte sich den Schmutz von den Kleidern und zog, die Fäuste drohend gegen Bernhard schwingend, ab.

Der sah ihn nicht mehr, sein Auge ruhte auf der Reiterin, die ihm eben aus ihren großen dunklen Augen einen Blick zuwarf, in dem fast eine Billigung seiner Tat lag, deren er sich im Angesicht einer Lady eigentlich hätte schämen müssen; nahm er sich doch aus wie ein wüster Raufbold.

Als sie auflachte, ging es ihm blitzartig durch das Hirn: – Bessy Crosby! Und er griff unwillkürlich nach seiner Brust, – dann befiel ihn eine qualvolle Angst, so plötzlich hatte er sich das Zusammentreffen nicht gedacht, – was nun tun? – In keinem Falle sich jetzt schon zu erkennen geben, das wäre auch gar nicht der Platz dazu, sie würde das später selbst begreiflich finden. Alles lachte hinter ihm zu dem sonderbaren Zusammentreffen. – ›Der Racker‹, er rächte sich bitter.

Die Reiterin trat ein, dicht an Bernhard vorbei; wieder traf ihn der dankbare Blick; heiß stieg es ihm gegen den Kopf. War es wirklich Bessy, wie er vermutete, so hatte Henry Smidt nicht zu viel gesagt, sie war eine Schönheit, und ihr Auftreten, die Ehrfurcht, mit welcher diese sonst nicht verlegenen Leute alle sie grüßten – wie sie den Gruß entgegennahm! Sie ging auf den Wirt zu, sie hatte ein Geschäft mit ihm und beide zogen sich an einen Ecktisch zurück.

Man flüsterte nun an der Bar und drückte Bernhard die Hand. – Das hatte er gut gemacht! Woher er denn die Crosbygeschichte kenne? Er schützte vor, auf der Fahrt zufällig davon gehört zu haben.

»Nun, was war denn mit dem Patrik?« fragte jetzt die Dame, zu den Männern tretend. Sie wollte offenbar von Bernhard Antwort haben, denn sie wendete sich direkt an ihn.

»Er äußerte sich sehr unverschämt über eine Lady –«

»Ueber Sie, Miß Bessy Crosby!« verbesserte ihn einer.

Bernhard wechselte die Farbe; trotz seiner Vorahnung bewegte ihn die Gewißheit, vor ihr zu stehen, doch tief.

»Gegen eine Ihnen unbekannte Lady?« erwiderte sie, »Sie sind ein Gentleman.« Sie reichte ihm die Hand. »Ich danke Ihnen; er war wohl betrunken, der Mensch, und der ist mein Herr, Sie können sich nun einen Begriff machen, in welch' angenehmer Lage ich mich befinde.«

»In der Sie hoffentlich nicht mehr lange bleiben werden,« entgegnete mit auffallender Wärme Bernhard. »Das ist ja einfach unmöglich! —«

»Mein Gott, was will man machen; vor einem Jahre hielt ich so etwas auch für unmöglich.«

»Der Herr will sich ankaufen in unserer Gegend,« sagte der Wirt, welchem das Interesse nicht entging, das die beiden an einander nahmen.

Bernhard war tief beschämt, seine gute Natur regte sich mit Gewalt; er hatte es schon bereut, diese Leute angelogen zu haben; aber dieses Mädchen, das er jetzt schon verehrte, gleich beim ersten Zusammentreffen zu belügen, das war ihm entsetzlich, dazu war es ihm, als ob ihr durchdringendes Auge gerade auf der Stelle ruhe, wo das verhängnisvolle Paket sich befand.

Ehe er ausweichend eine Antwort zusammensuchte, sagte sie plötzlich: »Kaufen Sie Crosby Ranch!«

Eine allgemeine Bewegung entstand, so daß Bessy selbst errötete.

»Ich meinte nur, der Besitzer, der Vater dieses Mannes, den sie eben hier hinausbefördert, hat jetzt schon keine Freude mehr an dem Grundstück, er fürchtet, mit seinem Patrik werde es hier immer schlimmer, er habe keinen Sinn für die Landwirtschaft und verlege sich aufs Trinken —« erklärte sie.

»Ja, Crosby Ranch, das wäre freilich so etwas, der Boden und die Weide und das schöne Holz, — alles im besten Stande; — ja wenn man's hätt'! — nicht wahr?« meinten die Leute.

»Nun, ich weiß nur, daß er die Ranch um denselben Preis würde losschlagen, den er meinem armen Vater bezahlte,« wandte sich das Mädchen wieder an Bernhard.

»Um fünfzigtausend Dollar?« fragte er.

Sie nickte stumm, sichtlich in trüben Gedanken verloren.

Bernhard kannte diese Gedanken, und es war ihm, als müsse er jetzt vor sie hintreten und ihr das Paket mit den Worten überreichen: ›Hier, Miß, ist Ihr Eigentum, kaufen Sie Ihr altes Heim zurück!‹

Doch das ging ja nicht so, hier vor allen Leuten, es gehörte ja schon ihr, alles, das Paket mit dem Greenbacks und das Herz, auf dem es ruhte, darüber war er sich bereits klar. — Sie wird wiederkommen dieser Tage, er wird sie allein sprechen können und ihr alles gestehen.

»Ich meine ja nur« — fuhr sie fort, — »Sie werden begreifen, daß ich Crosby Ranch nicht in den Händen eines solchen Menschen, wie dieser Patrik einer ist, sehen will; — doch, wie ungeschickt, Sie werden das nicht begreifen, wenn ich Ihnen nicht erzähle, daß ich dort zu Hause, daß ich dort die Herrin war bis vor kurzer Zeit, — daß ich förmlich hingebannt bin. Es ist ungeschickt, kindisch vielleicht, aber, mein Gott, ich bin einmal so —«

»Das ist nicht kindisch, das ist brav, Miß Bessy,« erwiderte er, vergeblich seine immer mehr wachsende Leidenschaft zügelnd: »Und wenn ich die Mittel dazu hätte, dann, — kaufte ich Crosby Ranch ungesehen hier, nur Ihnen zu Liebe, Miß Bessy, ich dächte, wir kämen ganz gut aus miteinander.«

Die Männer lachten und betrachteten mit Wohlgefallen das schöne Paar.

Bessy hatte ihre gewohnte Sicherheit völlig verloren, sie schwieg, strich sich die wirren Haare hinter die kleinen Ohren und erhob sich von ihrem Sitz.

»Nun, vielleicht sehen Sie sich das Land einmal an, man braucht ja nicht gleich zu kaufen, und wegen des Patrik brauchen Sie sich nicht genieren, der Alte gibt nichts darauf. Kommen Sie nur, wird uns freuen, mein tapferer Beschützer.«

Sie reichte ihm die Hand und zeigte lachend ihre kleinen, schneeweißen Zähne.

»Ein Prachtmädel! Wäre mir lieber, als die ganze Crosby Ranch,« sagte einer der Gäste, als sie gegangen war.

»Na, hätt' ich nur die, da wär' mir um die Bessy nicht bange,« entgegnete ein junger Mann.

»Ich glaube selbst, sie könnte nicht ›nein‹ sagen, so vernarrt ist sie in das Land,« bemerkte ein anderer.

»Das wäre so ein Fang für Sie! Heute hier angekommen, morgen eine Farm und ein Mädel dazu,« wandte er sich an Bernhard, »was man doch alles nur um das verdammte Geld haben kann, und ohne dies nichts, – gar nichts. – Auslachen tät sie einen.«

»Miß Bessy? Das glaube ich nicht; wenn sie einen Mann wirklich liebt, ich glaube, sie nähme keine Rücksicht auf Geld,« entgegnete Bernhard.

»Ah bah! Da ist eine wie die andere, ich möcht's nicht probieren.«

»Na, jetzt ging's vielleicht,« erwiderte der Farmer, »aber wie sie noch des reichen Crosby Tochter war, hatte sie den Teufel im Leib, da war ihr keiner gut genug, und es wär' auch keiner zu beneiden gewesen. Offen gesagt, mir wär' sie lieber ohne, als mit den fünfzigtausend Dollar.«

»Wenn man selber fünfzigtausend Dollar hätte, da stimme ich bei, ich glaube, es wäre für beide Teile besser,« bestätigte der andere.

Bernhard hörte dem Gespräche aufmerksam zu; sonderbar, jedes Wort klang wie absichtlich auf ihn gemünzt. Die Charakteristik Bessys, die er hier zu hören bekam, beunruhigte ihn heftig. Der Eindruck, den die Erscheinung des Mädchens auf ihn bei dieser ersten Begegnung gemacht, übertraf weit seine Erwartung, und die Bilder, welche sich seine Phantasie während der Reise von ihr gemacht, verblaßten vor der Wirklichkeit. Der Plan, die durch einen absonderlichen Zufall ihm gebotene Gelegenheit auszunützen, um eine vorteilhafte Heirat zu machen und damit seine Existenz mit einem Schlage zu begründen, trat jetzt in den Hintergrund, er schämte sich fast desselben. Eine wirkliche Neigung, ein heftiges Verlangen nach dem Mädchen erfüllte ihn bereits.

Bessy gehörte zu den weiblichen Wesen, die in ihrer individuellen Eigenart den Mann entweder sofort abstoßen oder magnetisch anziehen; bei Bernhard war das letztere der Fall. Ihr Reichtum spielte dabei keine Rolle; er freute sich dieses Bewußtseins, das ihn reinigte von den eigensüchtigen, habsüchtigen Gedanken, die er noch vor kurzem gehegt. Auch ihm ging es, wie dem Mann dort, sie wäre ihm lieber gewesen ohne die 50 0000, als mit denselben. Wenn er vor sie, die Arme, Unglückliche hintreten könnte, die im Dienste eines Trunkenboldes stand, er als ein reicher Mann, und ihr sagen könnte: ›Hier, Bessy, nimm alles, was ich habe, es ist dein, ich will nichts dafür, als deine Liebe, als dich.‹ –

»Kannst du das nicht?« Eine klare, laute Stimme rief es in seinem Innern, daß er erschreckt aus seinem Sinnen auffuhr. Oder hatte einer aus der Gesellschaft zufällig diese Worte gesprochen? Bernhard verlangte, auf sein Zimmer geführt zu werden. Der Wirt begleitete ihn, vom Lobe Bessys und Crosbys überfließend.

»Sollten sich doch wirklich ansehen, Mister, – nun, wie darf ich Sie nennen?«

»Weltz.«

»Mister Weltz, haben ja auch vortreffliche Banker hier, Geld ist eben nicht teuer. – Soll ich Ihr Gepäck von der Bahn holen lassen?«

»Danke, habe überhaupt nicht viel bei mir. – Sie wundern sich wohl über mein Aussehen? Nun, es sind nicht immer die besten, die gut gekleidet sind, das müssen Sie ja selbst wissen,« entgegnete Bernhard ärgerlich.

»Ganz recht, gewiß, wo denken Sie denn hin, Mister Weltz, kenne einen Gentleman auf tausend Schritt, kann anhaben, was er will. Miß Crosby kommt fast alle Tage zu uns, ich nehme alles Fleisch und Gemüse von Crosby Ranch.«

Mit der allerdings sehr kräftigen Empfehlung seines Hauses empfahl sich der Wirt.

»Kannst du das nicht?« Da tönte sie wieder, die Stimme; aus Bernhards Innern kam sie, wie eben unten an der Bar. Er riß das Paket aus der Tasche und warf es in jähem Zorne auf den Tisch. »Nein, du kannst es nicht, wenn du nicht ein Schurke sein willst, der – Mitmörder.«

Er sah das brechende Auge Henry Smidts auf sich gerichtet.

Wahnsinn! Denke ich daran, das Geld mir anzueignen? Es soll ja ihr gehören, nur ihr; wenn ich Crosby Ranch damit kaufe und ihr zu eigen gebe, so ist das etwas anderes; würde sie nicht auch um das Geld das ihr so teure Land zurückkaufen? Ich will ja nur sie selbst damit gewinnen, um sie auf Händen zu tragen, um sie glücklich zu machen; nie will ich mich als den Herrn des Gutes betrachten. – Ist das ein Verbrechen? – Aber ihre freie Wahl bestimme ich dadurch zu meinen Gunsten, und wenn sie mich wirklich liebt, wird sie auch dem armen Mann, der ihr noch dazu eine so große Wohltat erweist, die Hand reichen. Wenn sie mich aber nicht liebt, dann ist es ja besser, ich ziehe als armer, aber ehrlicher Teufel wieder ab. ›Wenn sie noch des reichen Crosby Tochter wäre, da wär' ihr keiner gut genug,‹ sagte der Mann eben; sie war also stolz, eigenmächtig, ja, sie wird auch den geliebten Mann immer fühlen lassen, daß sie die Besitzerin ist, und das wird zu ihrem beiderseitigen Glück nicht beitragen, während, – alles Unsinn, nichts als listige Ausreden!

Es gab für ihn nur eines, wenn er nicht vor sich selbst erröten wollte: das Vermächtnis Henry Smidts wortwörtlich zu erfüllen und das übrige abzuwarten. Der Entschluß stand in ihm fest: Morgen, wenn Bessy kommt, sage ich ihr alles, übergebe ich ihr Eigentum, dann, – dann, – was dann? – Ihr seine Liebe gestehen? – Liebte er sie denn schon? – Sie gefiel ihm, sie zog ihn wohl an, – aber Liebe? Daran wird sie noch nicht glauben, sie wird vorsichtig sein dem Unbekannten gegenüber, also warten! Und von was leben? Von einem Trinkgelde Bessys? – Erbärmlich! Arbeit suchen in der Stadt. – Und die Leute, denen er all' das dumme Zeug vorgeschwätzt? – Sie werden ihn auslachen, für einen Schwindler halten. – Und ob Bessy einen einfachen Arbeiter heiraten würde? Gott, hätte ich doch den Auftrag nie übernommen, die 50 000 Dollar ruhten jetzt sicher auf dem Grunde des Meeres.

Er trat an das Fenster, das rege Straßenleben lenkte seine Gedanken ab. Gegenüber befand sich ein großer Kleiderstore (Laden). Er hielt gerne etwas auf sich, und so abgerissen, wie jetzt, infolge des Schiffbruches, war er schon lange nicht mehr gewesen. Er wird morgen auf Bessy einen schlechten Eindruck machen, heute entschuldigte ihn noch die Reise. Ein flotter Herrenanzug in der Auslage zog seine Blicke an, der konnte etwas aus einem machen, und die Mädchen geben doch einmal auf das Aeußere, Bessy wird keine Ausnahme machen. Aber er besaß ja nichts, die Reisekosten konnte er mit gutem Gewissen von der Summe abrechnen, aber weiter nichts. So wird er die dazu nötige Summe abverdienen! – Der Anzug lockte ihn, es war seine Lieblingsfarbe, grau meliert, ganz für seine Größe passend. Er hatte noch fünfzig Dollar gewechseltes Geld in der Tasche, er brauchte das Paket nicht von neuem zu öffnen, das hätte er um keinen Preis getan. Die Jacke, welche er dem Fischer aus Kap Sable abgehandelt, hatte einen altmodischen Schnitt und war ausgewaschen und zerfressen vom Salzwasser. Mit dem Entschlusse, den Anzug zu kaufen, ging er hinüber. Er probierte ihn in einem Nebenraum, er saß wie angegossen, mit Wohlgefallen betrachtete er sich im Spiegel. Bessy würde ihn nicht mehr erkennen. Um keinen Preis hätte er jetzt noch die Fischerjacke angezogen, die meergrünlich schillernd auf dem Stuhle lag. Doch der Händler meinte, zu solchem Anzuge eines Gentlemen paßten nicht die derben, defekten Stiefel, die fadenscheinige Wollmütze. Bernhard mußte das einsehen, es gab alles in dem Laden.

Wohl equipiert verließ er ihn, einen englischen Hut auf dem Kopfe, aber nur mehr zehn Dollar in der Tasche.

Der Wirt lächelte erstaunt, als er seinen Gast so Vorbeigehen sah. Des Tages über bummelte er in der Stadt umher, er fürchtete sich vor seinem einsamen Zimmer, den Abend brachte er im Barroom des Hotels zu und ließ sich vom Wirte den Mord von Crosby Ranch des näheren erzählen.

Niemand zweifelte in der ganzen Gegend an der Täterschaft Henry Smidts. Miß Crosby sei der Ansicht, derselbe habe mehr aus Haß gegen den alten Crosby, der ihn als Werber um seine Tochter stets verhöhnte, umgebracht, als des Geldes halber, das er dann natürlich nicht liegen ließ. Man habe keine Spur von ihm aufgefunden, er sei wohl schon außer Landes, im Süden, oder gar in Europa.

»Natürlich, der Kerl liebte Miß Bessy, und darüber kommt keine hinaus; sie kann es ihm nicht vergessen, wenn er auch ihren Vater umgebracht. Sie glauben wohl nicht daran, an den Mord aus Haß, was?« fragte der Wirt Bernhard.

Dieser war betroffen von den Aeußerungen, ebenso wie von der milden Auffassung Bessys. Er hatte es dem Sterbenden nicht recht glauben können und hielt die Erklärung desselben über das Motiv der Tat für eine verzeihliche Beschönigung derselben. Es verdroß ihn, er hätte lieber gehört, daß sie von Haß erfüllt sei gegen den Vernichter ihres Glückes, den Mörder ihres Vaters. War es wirklich so, wie der Wirt sagte, konnte sie es ihm nicht vergessen, wie er sich ausdrückte, dann mußte sie, wenn er seinen Auftrag erfüllte, tief gerührt sein, dann blieb für die Tat Smidts wirklich kein anderes Motiv mehr, als der Schmerz, die Wut über die erlittene Kränkung und Zurückweisung. Das schmeichelte ihr am Ende trotz alles Grauens, – o, diese Weiber, sie sind unergründlich in ihrer Liebe und in ihrem Hasse.

Dieser Mensch gewinnt am Ende erst dadurch an Interesse bei ihr. Was liegt daran, er ist ja tot, und selbst wenn er lebte, was ja fast ausgeschlossen ist, wird er sich hüten, sich bei ihr sehen zu lassen. Aber gleichviel, auch der Tote, der Verschollene verdient nicht das Interesse einer Bessy; Bernhard war jetzt schon eifersüchtig auf jenen. »Nein, ich glaube nicht daran,« sagte er fest auf die Frage des Wirtes. »Warum führte ihn sein Zorn gerade in dieser Stunde so weit, wo dieser Crosby fünfzigtausend Dollar in der Tasche hatte? Er liebte sie also wirklich und gestand ihr diese Liebe, dieser Mensch?« fragte er dann plötzlich in auffallend erregtem Tone.

»Es heißt so, dabei war ich ja nicht,« erwiderte der Wirt. »So viel ist gewiß, daß er beim Alten um sie anhielt.«

»Aber da mußte er doch Aussichten, einen Schein von Berechtigung dazu haben.«

Der Wirt zuckte die Achseln.

»Er war kein übler Mensch, und Miß Bessy vertrug sich ganz gut mit ihm. Sie fuhren jeden Tag zusammen in die Stadt; sie trieb wohl ihren Scherz mit ihm, und er verstand es falsch, so wird es wohl gewesen sein. Man kennt sie ja nicht mehr seit dem Unglück, sie war ein Teufelchen, sage ich Ihnen, das einem den Kopf schon verrücken konnte.«

Bernhard nagte an seiner Unterlippe und trommelte mit den Fingern erregt auf dem Tische.

»Aber er war kein Mann für –«

»Kannten Sie ihn denn?« fragte erstaunt der Wirt.

Bernhard fuhr auf. »Wie sollte ich? – Ich meine, ein Mensch, der so etwas begehen kann, ist doch kein Mann für Miß Bessy, auch nicht zum Scherzen –«

»Ah was, Mädchen sind Mädchen, wenn sie noch so stolz sind,« meinte der Wirt. »Unberechenbar, man hat seine Erfahrungen.«

Bernhard ging bald zur Ruhe, er wußte jetzt mehr, als er zu hören verlangt hatte. Unberechenbar!

Ich gebe ihr die fünfzigtausend Dollar, ›Henry Smidt,‹ sage ich ihr, ›schickt Ihnen durch mich seinen letzten Gruß, er bereut tief seine Tat, sie geschah nur aus Verzweiflung über seine verschmähte Liebe. Zum Beweise dessen erstattet er den Raub zurück durch mich, den Ueberbringer.‹ – Sie nimmt das Geld, dankt herzlich, gibt mir ein Trinkgeld und den Abschied, und Henry Smidt, der Unglückliche, durch sie unglückliche Henry, lebt fort in ihr. Der Tote tritt an meine Stelle, ich bin weiter nichts als der Vermittler.

Das ist ja eine schreiende Ungerechtigkeit, das ist ja noch Lohn für den Mord. Ich will noch einmal darüber schlafen, über Nacht kommt Rat.

Im Traume stand Bernhard wieder in dem Mars der ›Columbia‹, von den Wogen umtost, er rang verzweifelt mit dem Gefährten um ein kleines Paket, dann warf er ihn über die Brüstung, er verschwand in den Wogen. ›Mitmörder!‹ klang es herauf.

Er griff neugierig nach dem Paket, es war zentnerschwer, er konnte es kaum heben, endlich hatte er es auf der Schulter, wie eine schwere Last. Er sprang damit in das Meer, sie drückte ihn unter das Wasser, der Atem ging ihm aus, und Henry Smidt hing sich an sein Bein, zog ihn pfeilschnell abwärts, unter scheußliche Fratzengestalten, Fische und allerlei schlangenartiges Gewürm. Ein rundes Ungetüm mit riesigen Glotzaugen stand jetzt dicht über ihm, er wachte auf mit einem lauten Schrei.

Der schwarze Portier grinste ihn lachend an.

»Stehen Sie auf, Sir,« schnarrte er, »Miß Bessy ist eben gekommen!«

»Hast du einen Auftrag, mir das zu melden?« fragte Bernhard.

»Nein, Sir, aber ich dachte …Er lachte breit und spitzbübisch.

Also das ganze Haus wußte schon davon, brachte ihn schon in Verbindung mit Bessy, nannte ihn wohl schon den Käufer von Crosby Ranch, und in einer Stunde war er ein Bettler.

Ein Entschluß mußte gefaßt werden. Sagt er jetzt nicht Bessy alles, so wird es später schwer sein, einen Grund für sein Zögern zu finden. Aber er darf sie doch prüfen, ob sie ihn auch liebt ohne die Wohltat, die er ihr erweist. Er will nicht aus Dankbarkeit geliebt werden; das ist auch ein Entschuldigungsgrund für die Verzögerung. Prüfen, dabei bleibt's, das Recht steht ihm doch zu für all das Leid, das er erlitten, für all die inneren Kämpfe, die diese Sendung in ihm heraufbeschworen.

Mit dieser Selbsttäuschung ging er hinab, klopfenden Herzens, nachdem er sorgfältig Toilette gemacht. Bessy war noch da, ihr Wagen, bepackt mit Geflügel und allerlei Gemüse, stand vor der Türe. Sie war im Arbeitskleid, einem kurzen, gestreiften Rock, unter welchem derbe, beschmutzte Schaftstiefel hervorsahen, eine übergeworfene zottige Jacke schützte sie vor der Kälte des Morgens; das Gesicht war von einem schiefgesetzten Sombrero beschattet, eine kurze Pfeife in der Hand vervollständigte diesen mannweiblichen Eindruck. Bernhard entging nicht ihr etwas spöttisches Lächeln, als er in seinem neuen Anzug eintrat. Dieser übte offenbar nicht die gewünschte Wirkung, aber wie hätte Bernhard das ahnen können; gestern saß sie wie eine vornehme Lady zu Pferde.

»Was haben Sie denn heute vor?« fragte sie. »Sie wollen doch nicht aufs Land hinaus? Einen Meter Schmutz, sage ich Ihnen; sehen Sie nur!«

Sie streckte ihm einen ihrer Stiefel hin. Der kleine, trotz des groben Leders und der derben Machart zierliche Schuh gab ihr in den Augen Bernhards rasch alle Weiblichkeit zurück, die er einen Augenblick an ihr vermißt hatte.

»Die lange Reise, Miß, – mein Gepäck, – ich sah wirklich aus wie ein Vagabund,« entschuldigte er sich verlegen.

»Daraus sehe ich, daß Sie nicht als Landwirt aufgewachsen sind, hab' ich nicht recht?«

Diesen scharfen Augen gegenüber mußte er sich in acht nehmen mit seinen Lügen, das fühlte er. So gab er ihre Vermutung zu, er sei seines Faches ein Techniker, fühle aber schon lange eine Neigung zum Landleben und sei des städtischen Getriebes überdrüssig.

»O, das ist auch herrlich, herrlich, das heißt natürlich, wenn man sein eigener Herr sein kann, frei, – wie Sie, dienen denk ich mir überall gleich hart.«

»Besonders, wenn man in der Freiheit geboren, wie Sie, Miß Bessy,« entgegnete Bernhard.

Sie seufzte schwer aus. »Vorbei.«

»Und wenn man seine Freiheit noch dazu durch eine solche Schandtat verloren hat, wie Sie, durch einen elenden Schurken.«

Er sprach in voller Entrüstung.

»Ja, das ist eine traurige, dunkle Geschichte.«

»Dunkel? Sehr klar, meine ich, ein Raubmörder, weiter nichts.«

»Wenn es das nur wäre!« Ihr Antlitz zeigte einen traurigen Ausdruck.

»Wie?« fragte Bernhard in einem vorwurfsvollen Ton.

»Ja, wenn es das nur wäre,« wiederholte Bessy, »dann träfe mich wenigstens keine Schuld.«

»Sie, eine Schuld an dem Mord Ihres Vaters?«

Bernhard zitterte vor Erregung.

»Ja, an dem Mord meines Vaters. Es war kein Raubmord.«

Bernhard lachte ungläubig.

»Es war ein Mord aus Rachsucht, aus Haß, aus Verzweiflung vielleicht,« fügte sie hinzu.

»Ah so, ja, ich hörte die Geschichte gestern, der saubere Bursche erfrechte sich, Ihnen sich aufzudrängen, sogar um Ihre Hand anzuhalten; Sie und der Vater wiesen ihn ab, wie ihm gebührte, da rächte er sich an dem Vater, der zufällig fünfzigtausend Dollar in der Tasche hatte, und nahm das Geld bei der Gelegenheit mit.« Er lachte wieder ungläubig.

»Hätten Sie den Menschen gekannt, Sie urteilten vielleicht anders,« sagte Bessy, nicht ohne einen Anflug von Mißtrauen. »Er war nicht schlecht, mehr jähzornig, sicher hat der Vater ihn arg gereizt.«

»Ich glaube auch die Fünfzigtausend.«

»Natürlich, Sie werden sagen, hätte es nicht dem Gelde gegolten, hätte er es ja zurücksenden können an mich. Das ist richtig, das sage ich mir selbst, und sehen Sie, ich habe – es mag ja kindisch klingen – aber ich habe noch immer die Hoffnung, daß er sie zurücksendet und ich damit Crosby Ranch zurück erwerbe. Angst vor Entdeckung – vielleicht will er eine Zeit abwarten, um sich an mir empfindlich zu rächen – Unentschlossenheit, weiß Gott, was ihn noch abhält, aber ich weiß selbst nicht, jeden Tag meine ich, er müsse kommen.«

Bernhard fühlte einen Schwindel, er mußte sich setzen. Sie hoffte darauf in ihrem unerklärlichen Glauben an diesen Henry Smidt, es würde sie gar nicht überraschen, wenn er spräche, sie werde den Uebermittler ganz übersehen und nur an jenen denken, seine blutige Tat würde bei diesem sonderbaren Mädchen ganz verschwinden vor diesem Edelmut. Jetzt war er fest entschlossen, vor der Hand, für heute wenigstens, zu schweigen.

»Und Sie werden ihm den Mord Ihres Vaters wohl vergeben, wenn er Ihre Hoffnung rechtfertigt?« fragte er, um ganz sicher zu sein, daß er richtig geschlossen.

»Ja, ich würde ihm vergeben,« erwiderte sie ohne Bedenken. »Nicht aus Freude über das Geld. Könnte ich damit das Leben des Vaters erkaufen, ich würde es sofort tun, aber weil es dann kein gemeiner Mord mehr ist, und ich begreifen kann, daß man töten kann aus Haß, aus gekränkter Liebe, gekränktem Stolz.«

Die schwarzen Augen flammten, die Wangen röteten sich. ›Auch ich kann es und würde es vielleicht in gleichem Falle tun,‹ war darin zu lesen.

»Doch ich spreche da mit Ihnen Dinge, –« sie sah sich im Lokal um, der Wirt war verschwunden, sie waren allein.

»Die mich lebhaft interessieren. Miß Bessy Crosby,« entgegnete Bernhard; er holte tief Atem und strich sich über die feuchte Stirne.

Jetzt galt's, jetzt oder nie! Es brauste in seinen Ohren, Wie damals im Sturme auf dem Mars der ›Columbia‹. Auch dem Mädchen entging nicht sein erregtes Wesen. Sie war ein schönes, begehrenswertes Weib, auch er war ihr nicht gleichgültig, er merkte es aus den Blicken, die ihn trafen.

»Wenn Sie Crosby Ranch nicht auf andere Weise zurückbekommen, ist die Farm für Sie verloren,« sagte er plötzlich mit einem Ausdruck, der Bessy stutzen machte.

»Ich wüßte keine andere,« erwiderte sie in fragend erstauntem Tone.

Bernhard schwebte die Antwort auf den Lippen, doch in den Blicken Bessys lag etwas, was ihn daran hinderte. Er war zu weit gegangen, er hatte sich den Rückzug abgeschnitten, das verwirrte ihn.

»Fahren Sie nach Hause? – Kann ich mitfahren? Ich möchte die Farm sehen; Sie sagten ja gestern, – doch möchte ich diesem Patrik nicht begegnen.«

»Da können Sie beruhigt sein; er ist längst wieder hier in einer Schnapsbude. Fahren Sie nur mit,« lud ihn Bessy ein, »es wird Ihnen gefallen.«

Der Wirt lachte verschmitzt, als er Bernhard den Wagen besteigen sah.

Bessy kutschierte; nachdem sie noch einige Geschäfte in der Stadt besorgt, ging es auf grundlosen Wegen Crosby Ranch zu.

Der Lärm des Wagens war zu groß, man konnte kein Gespräch führen. Bernhard war froh darüber, so konnte er noch einmal überlegen. Er war bereits so weit in seiner Sophistik, daß er nur ein Bedenken mehr hatte: wenn Bessy seine ihr angebotene Hand zurückwiese, trotz seines Besitzes von Crosby Ranch – bei diesem eigenwilligen Geschöpf war alles denkbar, was dann?

Rasch fand er auch dafür einen Ausweg. ›Dann,‹ sagte er sich, ›bleibt dir immer noch übrig, einfach abzureisen und das Geld unter irgend einem Namen der Behörde zu übergeben zur Ablieferung an Bessy.‹

Der Gedanke war ihm eine Erlösung, jetzt fühlte er sich, zum ersten Male seit Wochen, wieder frei, und neben ihm saß Bessy, sein Glück, seine Zukunft. Er liebte sie wirklich, ehrlich, nicht weil die Umstände ihn darauf hinwiesen, er hätte sie auch ohne das geliebt und alles daran gesetzt, sie sein eigen zu nennen.

Eine tolle, lustige Laune ergriff ihn. Er überschrie jetzt das lärmende Fuhrwerk, das durch wogende Maisfelder dahinrollte, deren Kolben ihre Gesichter streiften.

Bessy war seine plötzlich rege Heiterkeit offenbar verdächtig, sie ahnte dahinter etwas und war verlegener als sonst, sprach viel mit den Pferden und machte absichtlich Lärm, indem sie die schlechtesten Stellen des Weges aussuchte. Bernhard dagegen hatte das sichere Gefühl, daß er nur offen zu sprechen brauche, um an das Ziel seiner Wünsche zu gelangen, doch hielt er sich weislich zurück. Die Sache war für ihn zu wichtig; irrte er sich nicht, so wuchs die einmal entfachte Neigung in diesem leidenschaftlichen Mädchen von Tag zu Tag, irrte er sich aber, so konnte mit einem verfrühten Geständnisse alles verdorben sein.

So schwatzte er von allem möglichen. Bessy lachte hell auf, ihre weißen, ebenmäßigen Zähne zeigend. Er achtete nicht auf den Stand der Saaten, auf die Bodenverhältnisse, er tat keine Frage nach der Farm, nach den Nachbarn, an deren Höfen sie vorüberfuhren, und das alles hätte ihn doch interessieren sollen, wenn er nur ein bißchen Landwirt war oder gar auf Crosby Ranch Absichten hatte, dachte Bessy. Was wollte er denn nur mit dem Mitfahren? Sie wurde mißtrauisch, sein ganzes Wesen kam ihr so geheimnisvoll vor.

Da hielten sie vor der Farm, einem für diese Gegend stattlichen, schneeweiß angestrichenen Holzhause, an welches sich weitläufige Stallungen und Scheunen anschlossen; auf einer waldigen Anhöhe liegend, bot es eine weite Aussicht über das fruchtbare Tal des Illinois. Hinter einer Umzäunung tummelte sich eine Pferdeschar, welche laut wiehernd sich an dieselbe drängte, wie um die Ankömmlinge zu begrüßen. Eine Herde schwarzer Schweine schnüffelte und grunzte in dem Hofe umher, ein Pfau erhob sein klägliches Geschrei, und eine Wolke von Tauben erhob sich, Bessy umflatternd. Bernhard hatte seine ganze Jugend in der Stadt, die letzten zehn Jahre in den Maschinenwerkstätten verbracht; dieser blühende Wohlstand, der ihm gleich bei seinem Eintritt von allen Seiten entgegentrat, behagte ihm; das müßte ein seliges Leben sein hier als Herr an der Seite Bessys.

»Da kommt der Alte,« flüsterte ihm diese zu.

Eine breite, hohe, aber etwas gebückte Gestalt trat aus dem Hofe hervor, das starkknochige Antlitz, von einem langen, weißen, an der Oberlippe ausrasierten Barte umwallt, hatte einen feindseligen Ausdruck.

»Machen Sie sich nichts aus seinem Gepolter,« bemerkte noch Bessy.

Da ging es schon los in irischem Englisch. »Wo bleibst du denn so lang? Der Teufel hole den William, der dich immer so lange aufhält. Patrik nicht gesehen?«

Bessy schüttelte schweigend den Kopf und schirrte die Pferde aus.

Ein feindseliger Blick von der Seite traf jetzt Bernhard, der allerdings in seinem unglückseligen modischen Anzuge gar nicht in die Umgebung paßte und besonders mit dem in grobes, blaues Leinen gekleideten Alten arg kontrastierte.

»Was wünschen Sie hier?« fragte dieser.

»Der Gentleman will sich die Farm ansehen,« antwortete Bessy für Bernhard.

»Farm ansehen?« brummte der Alte. »Wie, was Farm ansehen! – Crosby Ranch ist nicht zum Ansehen –«

»Aber zum Verkaufen, und da muß man sie doch zuerst ansehen,« sagte Bessy ebenso energisch.

»Wer sagt dir das? Sie wär' nicht zu verkaufen, wenn der Patrik ein andrer Mensch wäre,« fuhr der Alte auf.

»Er ist aber kein andrer Mensch; erst gestern war er wieder betrunken bei Williams und bekam eine ordentliche Tracht Schläge,« sagte Bessy mit sichtlicher Freude, einen dankbaren Blick auf Bernhard werfend, »und darum wird Crosby Ranch verkauft.«

»Ja, das freut dich wohl, Katze; weil's dir krumm gegangen ist, soll's allen Leuten krumm gehen.«

»Freuen? Mir kann's gleich sein, meine Zeit ist um hier.«

»So, ist das der Dank, daß ich dich nach dem Tod deines Vaters aufgenommen habe wie ein Kind? Was hättest du denn angefangen?«

Bessy nahm eine drohende Stellung an, ihr Auge flammte, ihr Gesicht hatte einen verächtlichen Ausdruck, sie lachte höhnisch und führte die Pferde in den Stall.

»Wenn ich Ihnen lästig bin,« sagte Bernhard, »dann kann ich wieder gehen.«

»Das nicht, das nicht, aber ich halte Sie nicht für den, der Crosby Ranch kauft.«

»Woraus schließen Sie das?«

»Na, man hat so seinen Blick.«

»Der hat Sie diesmal bös im Stiche gelassen,« entgegnete Bernhard.

»Ich bin der, der Crosby Ranch kauft, wenn die Farm überhaupt verkäuflich ist, ohne anzusehen kauft, mit barem Gelde.«

Jetzt war die Ueberraschung an dem Alten. Ohne anzusehen in barem Gelde! Er war fest entschlossen zu verkaufen; mit seinem Sohne war ein Weiterwirtschaften unmöglich von dem Augenblick an, wo Bessy ihn verließ, und der war, wie sie ja selbst eben sagte, nicht mehr weit. Da war ja das sein Mann, was kümmerte ihn sein Aussehen! Er wurde auf einmal zutunlicher.

»Na, nichts für ungut, junger Mann, aber so wie Sie da sind, können Sie mir's nicht übelnehmen, wenn ich Ihnen auf den ersten Blick mißtraute. Kommen Sie! Ansehen müssen Sie die Farm doch zuerst, ehe wir weiter sprechen, das will ich selbst nicht anders.«

Bernhard war selbst erstaunt über seinen plötzlichen Entschluß, aber der Zweifel des Alten verletzte ihn; er fühlte das Paket in seiner Tasche, gekauft wurde die Farm auf alle Fälle, von ihm oder von Bessy, im äußersten Falle war es ein Scherz, über den Bessy, wenn sie alles erfuhr, gewiß nicht böse war.

Er folgte dem Alten. Die Stallungen waren leer, das Vieh auf der Weide. Der Alte gab die Stückzahl Hornvieh auf dreihundert, die der Schafe auf sechshundert an und erklärte sich bereit, im Falle eines Kaufes genaue Zählung zu halten.

Bernhard verzichtete im voraus darauf.

Er ärgerte sich, daß Bessy sich nicht mehr sehen ließ, sie mußte ja doch das meiste Interesse an dem Verkauf von Crosby Ranch haben. Dann ging es zu den Pferden. Mac Taylor sprach über die Zucht, die der selige Crosby eingeführt.

Bernhard verstand von all dem nichts, stellte zerstreute Fragen, über welche der Alte höhnisch lachte. Da war ihm ein schöner Tölpel ins Eisen gegangen! Es regte sich aber in ihm auch Mißtrauen. Wie kam dieser Mann, der von Landwirtschaft keine Ahnung hatte, auf den Gedanken, ein so großes Gut zu kaufen! Auch machte er ihm nicht den Eindruck eines Mannes, der schon lange im Besitze einer so bedeutenden Geldsumme ist, als nötig war, um an einen Kauf von Crosby Ranch zu denken.

Doch was kümmerte das am Ende ihn, jener sprach ja von Barzahlung; er beschloß in seinem Innern, bei dieser Unkenntnis der Verhältnisse um zehntausend Dollar höher zu gehen in seiner Forderung. Bis jetzt wäre er froh gewesen, wenn er die Farm, welche er unbedingt um einen zu hohen Preis von Crosby gekauft, ohne Schaden hätte losschlagen können.

Bessy war noch immer nicht zu sehen und doch wäre ihr Anblick Bernhard lieber gewesen als alle Pferde und Maschinen, all das fruchtbare Land ringsumher, das ihm Taylor von einer Anhöhe aus zeigte.

Ja, er bedurfte ihres Anblickes, er sollte ihm Mut machen zu dem entscheidenden Schritt, den er jetzt tun mußte. Wäre sie dabei gewesen, wie er gehofft, so hätte er sich nur als ihren Sachwalter gefühlt und hätte ihr den Kauf förmlich in den Mund gelegt. Das hatte er sich alles schon ausgedacht, nichts wollte er versäumen, was seine Tat nur irgendwie vor ihm selbst rechtfertigen, die warnende Stimme in seinem Innern scheinbar beruhigen konnte.

Einmal glaubte er sie hinter einer Türe verschwinden zu sehen, sie beobachtete ihn wohl ungesehen.

»Ich kaufe die Farm, nennen Sie Ihren Preis, –« sagte er plötzlich, eine lange Erklärung über Anbauverhältnisse Taylors unterbrechend.

Sie standen eben im Hofe. Bei einem zufälligen Aufwärtsblicken erkannte er deutlich Bessys Antlitz hinter den Jalousieen des Getreidebodens. Rasch zog sie sich zurück; dieser eine Augenblick gab die Entscheidung.

Taylor war betroffen, so sah er noch nie ein Gut wie Crosby Ranch kaufen, er hatte es entweder mit einem Esel oder einem Schurken zu tun, der das Geld irgendwo gestohlen hatte, eine andere Erklärung gab es für ihn nicht. Doch war er entschlossen, so oder so Nutzen daraus zu ziehen.

»Siebzigtausend Dollar, keinen Cent weniger,« sagte er.

Bernhard erschrak, Mac Taylor machte ihm den Eindruck, als ob er wirklich von seinem Preis nicht abging, dann war alles aus. Ohne Crosby Ranch war Bessy für ihn verloren, die fünfzigtausend Dollar in Barem zurückbehalten als sein Eigentum und sie als Köder zu benützen für Bessy, dazu hätte er sich nie entschließen können.

»Das kann ich nicht zahlen,« erwiderte er gedrückt. »Ich verfüge nur über fünfzigtausend Dollar in bar.«

Mac Taylor lachte für sich. Der ist ein Esel, kein Schurke, dachte er, und da ihm das bedeutend lieber war, indem im zweiten Falle sich doch Verdrießlichkeiten hätten ergeben können, so wurde er milder gesinnt.

»Na, das wäre das wenigste,« meinte er, »man könnte ja eine Hypothek darauf errichten, zu was gibt es denn Bankiers in Pèoria! Mit fünfzigtaufend Dollars kauft man alles heutzutage. Wissen Sie was? Vierzigtausend Dollar in bar, dreißigtausend Dollar bleiben darauf stehen zu fünf Prozent und Crosby Ranch ist Ihr Eigentum.«

Bernhard schämte sich, so wenig Geschäftskenntnis zu verraten und schlug im Gefühl seiner Unsicherheit ein.

Das Gut war sein, das heißt Bessy, wie er sich immer wieder einredete. Morgen wollte er in Pèoria den Handel abschließen.

Der Alte wurde jetzt gesprächig, er war sichtlich sehr erfreut über das rasche, für ihn vorteilhafte Uebereinkommen.

Da trat Bessy aus dem Gebäude, er rief sie mit lauter Stimme.

»Hier stelle ich Ihnen den künftigen Herrn von Crosby Ranch vor. Miß Crosby,« sagte er in etwas spöttischem Tone. »Vielleicht werden Sie sich mit dem Herrn besser vertragen als mit mir und Patrik. Ich kann Ihnen Miß Bessy als Wirtschafterin nur empfehlen, Mister, sie kennt das Gut durch und durch, es ist ja eigentlich Ihre Heimat, – die böse Geschichte werden Sie ja schon gehört haben – durchaus empfehlen, Mister, wenigstens bis Sie einmal selbst eine Wirtschafterin heimführen.«

Er lachte wohlwollend.

»Sie sind ja doch Junggeselle?«

Bernhard beobachtete Bessy scharf. Bei der Nachricht des Kaufes verriet sich in ihrem Antlitze kein solches Interesse, als bei der letzten Frage Taylors. Er zögerte mit der Antwort, er glaubte mit heller Freude eine angstvolle Erwartung in ihren Zügen zu lesen.

»Noch bin ich es,« sagte er dann mit einem Blick auf Bessy, der offenbar zu deutlich war; sie wendete mit einem leisen, stolzen Schürzen der Oberlippe ihr Gesicht ab.

»Nun, gratulieren Sie mir denn gar nicht zu dem Kauf?« fragte er, dem Mädchen seine Verlegenheit verbergend.

»Gewiß, von ganzem Herzen, – wie ich jedem gratulieren würde, der dieses schöne Gut erwirbt,« setzte sie mit scharfem Ton hinzu.

Taylor lud Bernhard zum Lunch ein, nachmittags sollte ihn Bessy zur Stadt zurückfahren. Bernhards Befürchtung war, Taylors Sohn könne zurückkommen, in ihm seinen Züchtiger erkennen und den Kauf rückgängig machen; doch auch darüber beruhigte ihn der Alte, indem derselbe in einer Weise über seinen Sohn sich äußerte, die jeden Einfluß von dieser Seite völlig ausschloß.

Bessy saß mit am Tische, den sie mit Sauberkeit und einem Geschick gedeckt hatte, die den jeder Häuslichkeit ungewohnten Bernhard entzückten.

Wieder kam die Rede auf den Tod des unglücklichen Crosby, so sehr auch Bernhard bestrebt war, das Gespräch abzulenken. Taylor schimpfte über den Knecht Smidt, der zweifellos der Täter sei, er habe den alten Crosby oft gewarnt vor dem Kerl, der ihm von Anfang an einen verdächtigen Eindruck machte, während Bessy unwillkürlich immer wieder seine Partei ergriff, das Motiv der Tat in einem Streit suchte, der wohl zwischen den beiden Männern im Walde stattgefunden. Taylor lachte über diese milde Auffassung, besonders als Bessy auch jetzt wieder ihre Hoffnung betreffs des geraubten Geldes aussprach.

Da müßte der Kerl schon verdammt in der Klemme sein, meinte er, am Totenbett seien solche Dinge übrigens schon vorgekommen. Die Angst, das Gewissen, – aber dazu habe es ja bei dem jungen Mann noch lange Zeit, und bis dahin sei wohl von dem Gelde überhaupt nichts mehr vorhanden.

Bernhard hielt sich auffallend zurück bei diesem Gespräche.

»Sie waren nicht klug, Miß Crosby, mich auf Crosby Ranch aufmerksam zu machen,« bemerkte er dann. »Wenn jetzt dieser Smidt wirklich das Geld zurücksendet, werden Sie sich am Ende mit mir härter tun betreffs des Rückkaufes Ihrer Heimat, als mit Mister Taylor. Haben Sie sich das schon überlegt?«

Bessy errötete tief.

»Da haben Sie ganz recht, ich weiß nicht, wie ich dazu kam, aber ich wußte eben, daß Mister Taylor nicht bleibt, und der Fleck Erde liegt mir einmal am Herzen. Es ist mir nicht gleichgültig, wer ihn bekommt, – und, – nun, Sie wissen ja, was sich ereignete, – ich glaubte Ihnen dankbar sein zu müssen, – ja, Mister Taylor, dieser Gentleman war es, der mich gegen Ihren Herrn Sohn in Schutz nahm.«

Sie erzählte das offenbar in ihrer Verwirrung, ohne die möglichen Folgen zu berechnen, Bernhard erschrak. Mac Taylors Blicke schweiften mit spöttischem Ausdruck über die beiden.

»So? Sie waren es? Hm, nehmen Sie sich in acht vor Patrik, er vergißt so etwas nicht leicht. Was mich anbetrifft, ich gönn's ihm von Herzen. So, Sie waren es?«

Er nickte verständnisinnig mit dem Kopfe.

Seine beiden Gäste fühlten unter seinem Blick die Kette der Ereignisse, welche sich immer fester um sie schlang.

Man brach später auf, als man beabsichtigt hatte, es gab doch noch viel zu besehen und zu besprechen. Der Abend senkte sich schon herab, als Bernhard zu Bessy auf den Wagen stieg.

»Miß Bessy wird Ihnen das übrige auf dem Wege erklären, besser als ich es vermag,« sagte der Alte beim Abschied, und wieder spielte das Bernhard so verhaßte Lächeln um seinen bartlosen Mund, »sie ist ja selbst ein Stück von Crosby Ranch.«

Die Pferde bäumten sich unter einem scharfen Hieb, und der Wagen flog davon über Stock und Stein.

»Ein unangenehmer Patron, dieser Taylor,« begann Bernhard das Gespräch. »Ich bedaure Sie herzlich. Drei Monate unter solchem Regiment!«

»Und doch war ich froh darum, ich war doch wenigstens in meiner Heimat,« entgegnete bitter das Mädchen.

»Und werden Sie das bei mir nicht sein? – in Ihrer Heimat?« fragte Bernhard mit einer Wärme in dem Ton seiner Stimme, welche Bessy nicht entging.

»Nein!« erwiderte sie entschieden. – »Wie können Sie nur so ungeschickt fragen, oder glauben Sie vielleicht, weil ich Ihnen mehr entgegengekommen bin, als es sich für eine Dame schickt, haben Sie die Berechtigung dazu? –« Sie riß zornig an den Zügeln. »Dann täuschen Sie sich gewaltig.«

Sie sprach das ruhig und kalt.

Mit diesem Mädchen war kein Spiel zu wagen, es mußte im Sturm gewonnen werden oder ward nimmer sein, nicht um alle Reichtümer der Welt; sie war jetzt in ihrer jungfräulichen Herbheit ein Schatz, vor dem der in seiner Tasche in nichts zusammenschwand, er wollte diesen gar nicht, wenn er nicht damit jenen gewinnen konnte.

»Die Frage ist nicht so ungeschickt, als Sie glauben,« entgegnete er, im Augenblick das alles überdenkend, »und ich habe eine Berechtigung zu derselben, weil –«

Er faßte nach ihrer Hand.

Sie sah ihn erstaunt an, fast zornig.

»Weil ich Crosby Ranch nur kaufte unter der Bedingung, daß Sie bleiben –«

Sie hielt mit einem Ruck die Pferde an. Der Wagen hielt auf einem engen Feldwege, weithin flüsterten die wallenden Maisfelder im violetten Dämmerlichte.

»Dann werde ich Mister Taylor sagen, er soll sich morgen nicht nach Pèoria bemühen,« sagte sie kurz.

»Wenn ich aber dazu setze, als Herrin bleiben, als alleinige Besitzerin, als, – Bessy, ahnen Sie noch nicht, als was noch?«

Er umfaßte ihre Taille, sein Antlitz glühte, er stand vor der Erfüllung seines Traumes.

Er achtete nicht ihres Sträubens.

»Als mein Weib, als mein geliebtes Weib!« rief er frohlockend auf.

Bessy war jetzt bleich geworden, ihr dunkles Auge war mit einem sonderbaren, starren Ausdruck auf Bernhard gerichtet.

»Sie erlauben sich doch keinen Scherz mit einem armen Mädchen?«

Ihre Worte klangen mehr drohend als schmerzlich.

»Ein armes Mädchen, Sie, Bessy?«

Das Wort ›arm‹ rüttelte sein Gewissen wach. Es drängte ihn, sich zu vernichten, sie zu erheben, in Worten ihr das zu geben, was er ihr in der Tat raubte.

»Ich bin arm, unendlich arm, ein Bettler, der Sie um Mitleid anfleht, und Sie sind reich! Mit einem Worte können Sie mich glücklich machen. Ich liebe Sie, Bessy, vom ersten Augenblick an, wo ich Sie gesehen. Ich besitze nichts mehr, mich selbst nicht mehr, alles gehört Ihnen und nur von Ihnen will ich es wieder als Geschenk empfangen, mit Ihnen oder gar nicht, es ist wertlos für mich ohne Sie.«

Es war ihm, als kämen diese Worte aus seiner tiefsten Seele, und die heiße Glut, die sie in seinem Innern entfachten, ließ ihn die eigentlichen Beweggründe dieser Selbstopferung ganz vergessen. Auch eine Bessy war solchem Ansturm nicht gewachsen, dieser Mann hatte ihr beim ersten Anblick gefallen, seine ritterliche Verteidigung ihrer Ehre mehrte ihre Sympathie, jetzt betäubte er sie förmlich mit der Erfüllung ihres sehnlichsten Wunsches.

Sie mußte ihren ganzen Stolz zu Hilfe rufen, um ihm nicht widerstandslos in die Arme zu sinken als ihrem Retter und Befreier; zur rechten Zeit kam noch ein Bedenken, welches ihr die Fassung zurückgab. Sie kannte diesen Mann doch erst seit kurzem, und gerade seine unüberlegte, rasch auswallende Leidenschaft gebot ihr Vorsicht.

Die Pferde, ohne Führung langsam vorwärts schreitend, ließen sich die gute Gelegenheit nicht entgehen, ungehindert links und rechts die saftigen, jungen Kolben abzubeißen.

»Was Sie da alles sagen, wäre hübsch genug, mir den Kopf zu verrücken, und ich glaube Ihnen auch, daß Sie das alles für den Augenblick wenigstens ehrlich meinen, aber es bleibt doch so. Sie sind wohlhabend und ich bin arm, völlig besitzlos, dabei aber, ich sage es offen, so stolz und eigenmächtig, wie ich es früher war, als eines reichen Vaters Tochter und Erbin. Das paßt aber nicht zusammen. Die Leute werden sagen, er hat sie mit Crosby Ranch gekauft, doch was kümmern mich am Ende die Leute! Das wäre kein Grund, aber Sie selbst werden vielleicht einmal so denken oder gar danach handeln – oder ich würde mich so benehmen, als ob ich Ihnen alles Gut zugebracht, – oder, mein Gott, ich kann das nicht so sagen, aber ich fühle es ganz deutlich, Sie sind mir zu wert, als daß ich Ihr, – Ihr, – o mein Gott! Es ist so hart, ich bin ganz verwirrt –« Die Tränen traten ihr in die Augen.

»Ihr Unglück wollte,« endete sie mit einem schweren Seufzer.

Bernhard war erschüttert von diesem ehrlichen, offenen Geständnis, ihm gegenüber nahm sich sein Lügengewebe doppelt häßlich aus; er faßte einen plötzlichen, in seinen Augen großherzigen Entschluß.

»Hier, Miß Crosby,« sagte er, in die Tasche greifend und derselben das Geldpaket entnehmend.

»Nehmen Sie, es ist der Kaufpreis von Crosby Ranch, – nehmen Sie ihn. Sagen Sie, Henry Smidt habe Ihnen wirklich das Geld zurückgesandt, und kaufen Sie selbst das Gut. Ich schwöre Ihnen, niemand etwas davon zu sagen und dann, – dann nehmen Sie mich als armen Jungen, der sich mit Mister Taylor einen unschuldigen Scherz erlaubt, zum Mann. Dann sind Sie die alleinige Herrin von Crosby Ranch vor der ganzen Welt und alle Ihre Bedenken hören auf. Ich bitte Sie darum, nehmen Sie.«

Er drückte ihr das Paket in die Hand.

Bessy nahm es nicht. Jetzt war es an ihr, sich ihres Mißtrauens, ihres Argwohns zu schämen. Ihre letzte schwache Schutzwehr fiel, ihr Trotz, ihr Stolz waren besiegt, nach so viel Leid und Erniedrigung kam das Glück, die Erfüllung ihrer Wünsche zu plötzlich; das weiche, selige Gefühl, das sie durchdrang bei den leidenschaftlichen Worten dieses jungen Mannes, denen nachzugeben sie sich scheute, schwoll jetzt an zur Leidenschaft. Bernhard sah frohlockend seinen Sieg, er preßte sie an sich und drückte den ersten Kuß auf ihre Lippen.

»Meine Bessy!« stammelte er trunken.

»Dein,« flüsterte sie.

»Nimm« Er drängte ihr das Paket auf.

»Um keinen Preis. Ich habe dir wehe getan, verzeih'!« Eine Tränenflut brach sich Bahn, sie barg ihr Haupt an seiner breiten Brust.

Bernhard blickte siegesfreudig umher, das Herz der Geliebten pochte an seiner Brust.

»Errungen!« schrie es auf in seinem Innern.

Fester drückte er die Geliebte an sich und trieb die Pferde zu stärkerem Lauf. Vor ihm lohten schon die Feuer der Hochöfen Pèorias zum Nachthimmel empor.

Auf ihr dringendes Verlangen stieg er vor der Stadt ab, er wollte allen Fragen ausweichen, die nicht ausbleiben konnten, wenn er mit Bessy vor dem Hotel bei anbrechender Nacht ankam.

Nochmals stiegen heiße Schwüre zum Himmel empor. Bessy war jetzt ganz verwandelt, ein seliges, liebebeglücktes Weib und so doppelt begehrenswert.

Bernhard blickte lange dem Gefährt nach, bis das letzte Geräusch verhallt war. Dann blieb sein Blick plötzlich starr in einer Richtung haften. Violette Dämmerung lag über den wogenden endlosen Maisfeldern, in denen der Abendwind wühlte. Mitten aus den grünen, sich rings um ihn ergießenden Wellen ragte, vom Schleier der Nacht schon umwoben, ein kreuzartiges Gerüst hervor, ein dunkler, breiter Gegenstand schien in seiner Mitte zu schwanken, es sah genau aus, wie der Mars der ›Columbia‹, als er zurückblickte von dem Felsenriff aus. Je länger er hinblickte, desto deutlicher war die Vision; es regte sich etwas darauf, und aus dem Geflüster der Felder tönte es deutlich herüber ›Mitmörder!‹

Da säumte das Abendrot den sonderbaren Gegenstand mit seinem letzten verglimmenden Lichte, und er erkannte denselben als einen der in dieser Gegend gebräuchlichen, durch ein Windrad auf hohem Gerüste getriebenen Pumpbrunnen. Er ärgerte sich über seine kindische Einbildung, die nur eine Folge seiner inneren Unruhe war, und das jetzt, wo er eben Bessy das Geld freiwillig angeboten als ihr Eigentum. Er wird es ihr morgen, wenn sie ruhiger geworden, nochmals anbieten, – dann muß er schweigen, dieser verhaßte Henri Smidt auf dem Meeresgrund!

III

Das Glück Bessys wurde in der ganzen Gegend besprochen. Nicht nur, daß wie vom Himmel geschneit ein reicher Freier kam, der ihr zuliebe Crosby Ranch kaufte, sondern, was dem stolzen Mädchen die Hauptsache war, ein Freier, der so gutmütig, oder, wie man behauptete, so einfältig war, ihr auch die Herrschaft auf der Farm vollständig zu überlassen, als ob umgekehrt, er, der arme Teufel, sie als Besitzern des Gutes geheiratet.

Ja, es war allgemein bekannt, daß der tolle Mensch nicht eher geruht, bis der ganze Besitz ihr und ihren Leibeserben verschrieben worden war, wogegen sich selbst Bessy, wohl nur der Leute wegen, so lange als möglich gesträubt hatte.

Und das hatte sie auch wirklich mit allen Kräften getan. Ihrem Wesen entsprach diese gewaltsame Entäußerung der Manneswürde durchaus nicht, und wenn sie auch darin nichts anderes erblicken konnte, als eine zu jedem Opfer fähige Liebe, so hätte sie doch um alles gerne darauf verzichtet. Der Mann sollte der Herr, vor allem ihr Herr sein, gerade ihr stark ausgeprägter Selbständigkeitssinn, in dem sie aufgewachsen, verlangte das. Zuletzt erblickte sie darin die Caprice eines Verliebten, die ja bei ihrer sonstigen Uebereinstimmung in allen Dingen nichts zu bedeuten hatte.

Sie war so überglücklich in dem Besitz ihrer wiedergewonnenen Heimat, ihr Dankesgefühl gegen Bernhard war ein so inniges, daß sie sich dadurch schon gesichert glaubte gegen alle Uebergriffe, zu welchen sie ebenfalls die ihr eingeräumte Machtstellung hätte verführen können.

Bernhard war völlig ausgesöhnt mit sich, sein Gewissen war beruhigt durch die raffinierten Vorsichtsmaßregeln, die er angewendet, auf die er selbst stolz war.

Er besaß nichts, Bessy alles. Sie liebte ihn, er war jetzt sogar fest überzeugt, daß sie ihn auch ohne die unschuldige List, die er angewandt, geheiratet hätte. Das Vermächtnis Henri Smidts war erfüllt, allerdings nur bis auf den einen Punkt, daß dieser nicht in Bezug auf den Raub gerechtfertigt vor Bessy war. Aber was konnte das ihn bekümmern oder betrüben auf dem Grund des Meeres, auf dem er doch sicher lag, trotzdem damals mit dem Fernrohr nichts mehr von ihm in dem Mars der ›Columbia‹ zu entdecken war. Dieses ›trotzdem‹ war noch der einzige wunde Fleck in Bernhards Innern, der nicht ganz verheilen wollte. Tausendmal sah er im Geiste durch das verhaßte Rohr, tausendmal redete er sich alle Gründe ein, warum er nichts mehr sah. Eine Woge hatte Smidt geholt, er war in der Verzweiflung zum Selbstmörder geworden, oder gar, – das Rohr zeigte schlecht. Alles Wahnsinn, – er starb ja doch in seinen Armen.

Um sein plötzliches Erscheinen mit 50 000 Dollar bar Geld in der Tasche, ohne die diesem Vermögen entsprechende persönliche Ausrüstung, welches unbedingt auffallen mußte, zu erklären, hatte er bereits in den ersten Wochen eine Fabel gesponnen, in welche er unwillkürlich, sei es, daß er der Lüge noch nicht so Meister war, sei es, daß er fürchtete, sich später irgendwie zu verschnappen, den erlebten Schiffbruch mit einfließen ließ. Er habe das Vermögen durch glückliche Spekulation erworben, habe damit in sein altes Vaterland zurückkehren wollen, sei aber durch Schiffbruch davon abgehalten worden. Darin habe er gleich einen Wink des Schicksals erkannt und den Entschluß gefaßt, sich für immer in dem Lande niederzulassen, das ihm zu seinem Glück verholfen. Er änderte dabei vorsichtigerweise den Namen des Schiffes, die Zeit und den Ort des Ereignisses. Qualvoll war ihm dabei das ständige Zurückkommen Bessys auf dieses Erlebnis, welche alle Einzelheiten desselben wissen wollte und das Gruseln nicht satt bekam. Er erzählte ihr zuletzt Wider seinen Willen das Ereignis, wie es wirklich stattgefunden, selbst seine Todesqualen an der Seite eines Unglücksgenossen auf dem Wrack; es lag für ihn sogar ein sonderbarer Genuß darin, Bessy die volle Wahrheit zu sagen bis auf den bewußten Punkt.

Ja einmal schilderte er ihr den Zustand Henri Smidts, wie er ihn verließ, haarklein und fragte sie dann, ob sie es für möglich halte, daß jener doch noch am Leben, vielleicht gerettet worden sei.

Bessy machte ihm Vorwürfe, den Unglücklichen verlassen zu haben, ehe er von seinem Tode völlig überzeugt war, es wäre wohl möglich, daß nur ein Schwächezustand ihn befallen, welches furchtbare Erwachen dann, allein, verlassen! Vielleicht sei doch noch zur rechten Zeit ein Schiff gekommen, das ihn aufgenommen habe, man lese so etwas oft in den Büchern. »Denke nur,« schloß sie ihr Bedenken, »wenn einst dieser Mann irgendwo vor dich hinträte und dich anklagte, ihn hilflos verlassen zu haben, das wäre unangenehm für dich.«

Sie mußte lachen, Bernhard sah jetzt schon so aus, als ob der Mann vor ihm stände, so entsetzt starrte er sie an, so wich das Blut aus seinen Wangen.

»Sei doch kein Narr!« beschwichtigte sie ihn. »Wie konntest du denn länger bleiben! Du bist ja kein Arzt, daß du das unterscheiden kannst. Wenn er auch wirklich dir einmal begegnet, – ich wünsche es ja von ganzem Herzen, daß es möglich ist und du auch, – so kann er dir auch nicht den geringsten Vorwurf machen.«

»So sprich doch nicht so wahnsinnig und lache nicht über Dinge, die mich verrückt machen könnten,« erwiderte Bernhard in einem drohenden Tone. »Nie mehr, hörst du, ein solches Wort!«

Sein Aussehen, der Ton seiner Stimme erschreckten Bessy, etwas Fremdes, Feindliches lag darin. Es lief ihr kalt über den Rücken, als habe sie selbst eine der Sturzwellen getroffen, von denen eben noch ihr Mann erzählte. Offenbar quälte er sich schon lange mit einem stummen Vorwurf und sie berührte in derber, gar nicht weiblicher Art diese Wunde, die zu heilen ihr allein zukam. Aber wie war dies möglich, wenn sie nicht mehr davon sprechen durfte, ohne ihn zu erzürnen? Und am Ende war es allein diese Wunde, welche den von Natur aus offenbar entschlossenen, mutigen Mann, der sie vom ersten Augenblick an gefangen genommen, so herabdrückte, so unentschlossen, so unmännlich machte, daß er umherging wie ein Ueberflüssiger, um das Kleinste bei ihr anfragte, kein Geschäft selbständig abzuschließen wagte, sich ganz ihrer Führung überließ, ja öfter, zu ihrem bitteren Verdruß, ihr gegenüber nahezu die Rolle eines Bediensteten spielte. – Davon mußte er geheilt werden um jeden Preis, ihr Lebensglück hing davon ab, das sie nicht gesonnen war, diesem Unbekannten zu opfern.

So kam sie trotz seines Widerwillens immer wieder darauf zurück, alle erdenklichen Vernunftsgründe anführend, die für den Tod des unglücklichen Gefährten sprachen und auch für den Fall einer wunderbaren Rettung und einer möglichen, wenn auch sehr unwahrscheinlichen einstigen Begegnung ihn vollständig rechtfertigten.

Bernhard lauschte mit Begierde auf die ersteren, mit innerem Beben auf die letzteren. Was hätte ihm dieser gekümmert, lebendig oder tot; für welchen gewissenhaften, edlen Menschen Bessy ihn hielt, welch zartes Gewissen sie ihm zutraute, – und er!

Oft war er nahe daran, von einem plötzlichen Schamgefühl erfaßt, alles zu bekennen.

Bessy zeigte ihm die Stelle im Walde, wo man den ermordeten Vater fand.

›Mitmörder!‹ flüsterte es aus dem Busch, aus den Wipfeln, es war ihm, als sei ihm der Platz wirklich bekannt, als sei er wirklich dabei gewesen. Er sah den brechenden Blick des Sterbenden, Blut an seinen Händen.

Bessy rührte die tiefe Teilnahme, welche er in seinem Antlitz verriet; er war zu weich für einen Mann, das allein hatte sie an ihm auszusetzen.

Von Henry Smidt sprach sie nicht mehr und dachte auch nicht mehr an die Rückerstattung des Geldes, er war wirklich ein Raubmörder, weiter nichts, sie schämte sich vor sich selbst des geheimen Interesses, welches sie an dem Bösewicht hatte, das sie so mild gegen ihn stimmte.

So verging das erste Jahr auf Crosby Ranch nicht so glücklich, als beide es sich gedacht. Bessy war unmutig, daß sie nicht imstande war, Bernhards Grillen zu verscheuchen; bei Bernhard trat an Stelle der, wie er glaubte, glücklich überwundenen Gewissensbisse die Unruhe über die Worte Bessys: »Wenn er dir irgendwo begegnete.«

In der Einsamkeit des Landlebens ging es noch, kam er aber unter Menschen, nach Pèoria, so wurde sein Zustand beängstigend. Jeden Augenblick, da oder dort, glaubte er Henry Smidts Antlitz zu erblicken, jede entfernte Aehnlichkeit entsetzte ihn, – ja, dieser brauchte gar nicht selbst zu erscheinen, ein Brief, eine Anfrage an Bessy irgendwoher genügte ja, alles zu enthüllen, nachdem er, Bernhard, so unvorsichtig gewesen, Bessy von dem Schiffbruch zu erzählen. Bei der geringsten Andeutung mußte sie in ihm den Boten Smidts erkennen. Das war's eben, es fehlten ihm alle Eigenschaften zum Betrüger und Lügner, – zum »Mitmörder«, wie dieser

Smidt sich ausgedrückt. Und jetzt konnte er nicht mehr zurück, ohne unabsehbares Unglück zu stiften, jetzt gewiß nicht, bevor nicht die Stunde vorüber, auf die er voll Sehnsucht und ängstlicher Spannung wartete; die Stunde, wo das heiligste Band sich schlingen sollte zwischen ihm und Bessy, die Stunde, von der er sich alles versprach, in der sich zwei Liebende in so seliger, mystischer Gemeinschaft fühlen, daß nichts unaussprechbar, nichts unlösbar scheint. Schon ihre Annäherung wirkte heilsam. Die bösen Gedanken wurden seltener, Bessy lachte ihn oft voll süßer Verheißung an, daß ihn ein förmlicher Glückstaumel ergriff. Oft aber kam Bessy der Gedanke, es müsse doch eine besondere Bewandtnis mit dem Unglücksgefährten ihres Mannes haben, etwas Bedrückenderes, als dieser ihr gestehen wollte, müsse auf ihm lasten, denn einer einfachen Grille wegen benimmt man sich nicht so im ersten Ehejahr an der Seite eines geliebten jungen Weibes, und daß er sie liebte, daran zweifelte sie nicht. Auch sie setzte jetzt all' ihre Hoffnung auf das erwartete Familienereignis.

Möge sie nur kommen, die Stunde, dachte sie dann voll sehnsüchtiger Seligkeit bei sich, wenn ich ihm den Jungen, – daß es ein Junge sein werde, das stand schon lange fest, – in die Arme lege, sein Kind, ihm dann in die Augen blicke und bitte: Bernhard, schütte dein Herz aus, jetzt ist die rechte Zeit dazu, was es auch sei! Ich bin jetzt mehr als dein Weib, ich bin jetzt Mutter, ich kann alles hören, alles verzeihen! Bei diesem Schatz beschwöre ich dich! Dann wird alles herausströmen aus seinem gepreßten Herzen, Gott und die Liebe werden mir die rechten Worte geben, ihn zu heilen von seinem Leid, oder die Kraft verleihen, es mit ihm zu tragen.

Bernhard war jetzt infolge des Zustandes seiner Frau gezwungen, die Leitung der Geschäfte zu übernehmen und fand sich vortrefflich hinein. Jetzt empfand er erst die Wonne des Besitzes, die Wonne des Umganges mit der Natur; die selbständige Tätigkeit stärkte seine zerrütteten Nerven und damit besserte sich auch sein moralisches Befinden.

Wie glücklich hätte er sein können ohne diesen Stachel in der Brust, und was das Schlimmste war, er war fest überzeugt, daß er ihn sich unnützer Weise hineingedrückt, daß Bessy ihn auch zum Manne genommen hätte, ohne die ihm jetzt so verhaßte schmähliche List. Ihr männliches, etwas hartes Wesen, das ihr wohl nur infolge ihrer Erziehung, des frühen Verlustes ihrer Mutter eigen war, trat jetzt mehr in den Hintergrund zu Gunsten einer echten, gesunden Weiblichkeit, die das erwachende Muttergefühl begünstigte.

Es war ein strenger Winter, Crosby Ranch war in Schnee begraben, die Ställe, die Scheunen waren gefüllt, Bernhard brauchte den Hof nicht mehr zu verlassen, er hatte nichts mehr zu tun, als auf den ersehnten gefürchteten Augenblick zu warten.

In dem behaglichen Wohnzimmer saß er mit Bessy, welche an einem kleinen Häubchen strickte. Ein heftiger Sturm brauste draußen durch die Winternacht, das Holzwerk ächzte in allen seinen Fugen. Er blickte schweigend auf das von der Lampe grell beleuchtete Antlitz seines Weibes, über welches hier und da der Ausdruck eines heftigen Schmerzes zuckte, den sie sichtlich zu verbergen bemüht war. – Die Stunde nahte, kein Zweifel!

Sie setzte die Arbeit aus und schüttelte sich wie im Fieber.

»Hu! Wie das tut! Das wird eine schlimme Nacht, Wenn's nur heute nicht wäre, es ist ja kindisch, aber es schauert mich so,« – sie sah Bernhard mit einem wehmütigen Ausdruck an, – »sterben in solcher Nacht.«

Bernhard gab es einen Stich, daran hatte er noch gar nicht gedacht, Bessy war ja so gesund und kräftig. Er lachte gezwungen und ergriff ihre Hand.

»Närrchen! Wer wird denn vom Sterben reden, meine mutige Bessy.«

Aber die Tränen traten ihm in die Augen, etwas Furchtbares wälzte sich heran, es war nicht nur die Angst um sein Weib.

»Ach, wer weiß!« erwiderte sie. »Es ist immer eine Lebensfrage, mit der man sich beschäftigen soll, ehe es zu spät ist. Weißt du, was mich beunruhigt? Unser widersinniger Ehevertrag. Du bist von deinem Kinde abhängig, wenn ich stürbe, ihm gehört Crosby Ranch. Ich hätte es nicht dulden sollen, um keinen Preis. Mein Gott, wenn man gesund ist, denkt man an so etwas nicht, aber jetzt! – Es ist ein Widersinn, ein Unding! Du, der alles besessen, mich als die Magd Taylors geheiratet, bist besitzlos. Aber abgesehen davon, wenn es auch umgekehrt stünde, ist es ein Unding. Du mußt es ändern, ich bitte dich darum, meiner Ruhe zuliebe, hörst du?«

Da kroch sie wieder heran, die ungeheure Lüge mit ihrem grauenvollen Schlangenleib, der seine drückenden Ringe um seine Seele zog. Nie durfte das sein; wenn wirklich das Entsetzliche eintreten sollte, erst recht nicht! Wie ahnungslos sie ihm die in seinem Wahn schneidigste Waffe rauben wollte gegen dieses Ungetüm, die er immer wieder verzweifelt schwang, wenn es ihm auf den Leib rückte, vor der es sich verkriechen mußte!

»Ich will nicht,« sagte er entschlossen. »Kann ich denn nicht einen triftigen Grund haben, gerade für den Fall, an den zu denken übrigens schon ein Wahnsinn ist; weißt du, wie ich war, ehe ich hierher kam? Ob ich nicht Schwächen habe, vor deren Wiederkehr ich mich fürchte? Ob ich nicht ein Verschwender war, ein leichtsinniger Mensch?«

»Das warst du nie,« entgegnete Bessy fest. »Unmöglich! Was hast du nur für einen Grund, mir so etwas vorzuspiegeln, dich selbst zu verdächtigen? Wenn du als armer Mann, ohne einen Cent in der Tasche, gekommen wärst, auf den ersten Anblick hin, als ich dich bei Williams traf, hätte ich dir Crosby Ranch, wenn ich sie damals noch besessen, und mich selbst anvertraut. Ja, schaue nur so erstaunt, du böser Mann! Man sollte euch eigentlich so etwas nicht sagen, ihr werdet gleich zu eitel, aber jetzt sage ich es, weil du mich für gar zu kurzsichtig hältst, auf den ersten Anblick, – jawohl, Bernhard, – auf den ersten Anblick.«

Bernhard sauste es in den Ohren, er empfand einen heftigen physischen Schmerz im Hirn, auf der Brust, er wußte selbst nicht wo. Schon lange hatte er das herausbringen wollen, er wußte nur nicht, wie es anfangen, jetzt sagte sie es freiwillig. Jedes Wort trug den Stempel der Wahrheit, ihr gerötetes Antlitz, ihr leuchtender, liebevoller Blick bestätigten alles. Um nichts, aus Feigheit war er zum Lügner, zum Verbrecher geworden, ja, zum Verbrecher! Noch nie hatte er es so wie jetzt gefühlt, daß er das war. Mit freier Brust könnte er jetzt dieses Glück genießen. O, sie ahnte nicht, wie furchtbar sie sich eben rächte.

»Das ist leicht gesagt,« erwiderte er, indem er sich alle Mühe gab, zu widerlegen, was ihn unter andern Umständen hätte entzücken müssen. »Du hättest mich einfach nie mehr gesehen nach dem Vorfall bei Williams. Der arme Tramp hätte nicht auf den Gedanken kommen können sich dir zu nähern, trotz des günstigen Eindrucks, den er auf dich gemacht; ich wäre weitergegangen, du hättest mir ein Geldstück in die Hand gedrückt, wenn ich es mir hätte einfallen lassen, in Crosby Ranch anzuklopfen, vielleicht mir nachgeblickt, ›schade um den Menschen,‹ und damit wäre es aus gewesen. Alles andere ist Einbildung, Gerede, das sich in Büchern recht gut liest, aber in der Wirklichkeit nicht vorkommt.«

Bessy lachte über seinen Eifer.

»Also ihr Männer allein seid die Großherzigen? – Wir können aber mehr, sage ich dir, wir können alles, wenn wir lieben und geliebt werden, alles opfern, alles vergeben, alles vergessen, ein Verbrechen, wenn es sein muß.«

Sie glühte jetzt vor Erregung, vergaß das Häubchen und den Schmerz.

Bernhard jauchzte innerlich auf, einen Augenblick, – dann drängte sich ein Schatten vor das strahlende Licht, das plötzlich vor ihm aufschoß.

»Selbst einen Mord, meinst du!«

Er sprach es gehässig, drohend.

Bessy schrie leise auf, griff sich mit beiden Händen nach dem Kopf und sah ihn starr an.

»Daran dachte ich jetzt nicht. Bei Gott nicht! – Den Mord an meinem Vater meinst du?«

»Ja, an deinem Vater, durch Henry Smidt, der dich liebte,« erwiderte Bernhard in einem häßlichen, herausfordernden Tone.

Bessy erhob sich jäh und schritt gegen die Türe, als wollte sie das Zimmer verlassen; der trotzige Zug, der schon lange aus ihrem Antlitz verschwunden, zeigte sich wieder.

Bernhard erfaßte der Zorn, er sah darin eine Bestätigung seiner Worte.

»Ja, so ist es! Gestehe es offen, wenn er heute das geraubte Geld zurücksendet und schreibt, er habe die Tat nur aus Verzweiflung, im Zorn verübt, so verzeihst du ihm. Ist es nicht so?«

Er drückte ihr Handgelenk.

Sie sah ihn mit einem stolzen, seltsamen Blick an.

»Nun, und wenn es so wäre, was hast du dagegen einzuwenden? Hätte ich nicht das freie Recht, ihm zu verzeihen?«

»Nein, das hast du nicht, auch dann nicht. Als Tochter nicht, als mein Weib nicht.«

Bernhards Stimme klang rauh, von wilder Leidenschaft erstickt.

»Als dein Weib, wie als dein Weib?« fragte Bessy; ein sonderbarer Gedanke kam ihr in diesem Augenblick; diese beiden Männer sind sich nicht fremd, sie stehen in einer dunklen Beziehung zu einander.

»Ja, als mein Weib, das an einen solchen Schurken nicht einmal denken soll.«

Bernhard war außer sich.

»Soll ich dir sagen, wie es sich verhält? Dir war dieser Henry Smidt nicht gleichgültig, nur der Knecht, der arme Teufel genierte dich, dich und deinen Vater. Wäre er reich gewesen, dieser Mensch, so wäre ich zu spät gekommen; so ist es.«

Er gab in seiner Erregung Bessy einen leichten Stoß mit der Hand.

Sie war bleich wie der Tod, die Augen waren geschlossen, der feine Mund verzog sich schmerzlich, ein Stöhnen entrang sich den fahlen Lippen.

Bernhard kam zur Besinnung. Was hatte er getan? In diesem Zustande?

»Bessy!« rief er in qualvoller Angst. »Bessy, hörst du mich? Habe Erbarmen, ich bin ja ein Wahnsinniger!«

Er rüttelte ihren Körper und warf sich vor ihr auf die Kniee.

»Bessy, es ist ja alles Lüge!«

Da tönte ein geller Schrei. Sie schlug die Augen auf, blickte wirr um sich. Schweiß stand auf der weißen Stirne, ihre Züge waren verzerrt.

»Bernhard, hole Loo,« bat sie mit matter Stimme.

Da war sie, die heißersehnte Stunde, die Stunde der Entscheidung! Und gerade jetzt mußte er sein Weib kränken, oder kam sie verfrüht durch seine Schuld? Es zog ihn zu Bessys Füßen, er küßte ihre Hände und netzte sie mit Tränen.

»Verzeihe, ich bin ein Elender!«

Dann stürzte er hinaus. »Loo! Loo!« gellte es durch das Haus.

Die alte Haushälterin kam mit einem beruhigenden, geheimnisvollen Lächeln, auf sie gestützt verließ Bessy das Zimmer. Bernhard stand da wie ein Verurteilter und haschte nach einem Blick von ihr.

Sie legte ihre Hand sanft auf die seine.

»Bernhard, es ist nicht so, man lügt nicht zu solcher Zeit. Du hast mir recht weh getan. Du mußt es wieder gut machen, denn, weißt du, – denn –«

Der Mund, der lächeln wollte, verzog sich in bitterem Schmerz.

Er bewegte sich nicht, stumm ließ er sie ziehen, ein Gefühl der Ehrfurcht, der Anbetung raubte ihm die Sprache.

Als sie verschwunden war, schien alles zu schwanken um ihn herum, dazu das Aechzen und Heulen draußen, der Anprall des Sturmes. Es war ihm, als stünde er wieder in dem Mars der ›Columbia‹, von den Wogen und dem Sturm umbraust, und die Klippen reckten ringsum ihre schwarzen Häupter aus dem Gischt. – Klippen, nichts als drohende Klippen ringsumher und mitten drin sein Lebensschiff, dem Untergang geweiht.

Wenn sie wirklich stürbe, sollte er sie dann noch beschweren mit seiner Schuld, ihr den Glauben an ihn zerstören, wozu? – Ohne ihre Verzeihung, in der ewigen Lüge weiter leben mit seinem Kinde, seinen Raub ruhig genießen? – Unsinn! Er hat ja nichts zu genießen, er wird arbeiten für sein, für ihr Kind, dem ja alles gehört, das Vermögen mehren, über jeden Pfennig einst Rechenschaft ablegen, und die Tote ist tot, alles ausgelöscht, nicht gewesen, nur die Einbildung schafft so tolle Bilder. Und das Gewissen? – Das ist keine Einbildung, das ist wirklich, das weiß er am besten. Es wird sich nimmer beruhigen ohne das erlösende Wort aus ihrem Munde. – Aber sie stirbt ja nicht, sie wird leben, erst recht leben, in wenig Augenblicken wird das Große, längst Ersehnte Wirklichkeit sein, sie wird ihm das Söhnchen zeigen, er wird einen kleinen Engel im Arm halten, ihn herzen mit den Verbrecherhänden, küssen mit den Lügenlippen, ihn, den ein frecher Betrug zu seinem Sohn gemacht! – Sagte sie denn nicht: Ein Weib, das liebt, kann selbst ein Verbrechen vergeben! – Liebt sie ihn denn nicht? Wird sie ihn in diesem Augenblick nicht doppelt lieben? – Dem Mörder selbst kann sie vergeben, und sie liebte ihn nicht, sie log nicht, als sie das eben sagte. Ein Verbrechen kann sie vergeben, in der Leidenschaft begangen, immerhin in der Leidenschaft für sie, aber eine feige, vorbedachte, kaltblütig ersonnene List, ist das nicht schlimmer? – Was dann, wenn Ekel und Abscheu sie erfaßten? – Sie verlassen, einsam wieder hineinziehen in das feindselige Leben, fort von diesem Ort des Friedens, von ihr, von dem Kinde, oder ein verachtetes Leben führen neben ihr, – geduldet! – Beides gleich entsetzlich. – Aber wozu denn das alles? Ist sie nicht glücklich? Gehört ihr nicht alles, ist er nicht ein Armer, wie zuvor? Wozu denn sprechen? Weil ein andrer zuerst sprechen könnte, und dann wäre es noch schlimmer – Henry Smidt! Aber wenn dieser lebte, wäre er nicht schon längst erschienen? Er wagt sich noch nicht in die Gegend, er will Gras wachsen lassen über die blutige Tat. Warum schrieb er nicht an Bessy von irgendwoher? Sollte er kein Mißtrauen haben gegen ihn, keine Furcht, das Geld sei nicht in ihre Hände gelangt? Hielt er, der Mörder, einen solchen Vertrauensbruch für unmöglich? Er schrieb einfach nicht, weil es ihm sicherer schien, als Verschollener zu gelten, seine Fährte völlig zu verwischen. Das war kein Beruhigungsgrund, und über Jahr und Tag zieht es jenen doch zurück, den Erfolg seines verfrühten, längst bereuten Vermächtnisses zu erfahren.

Gestand er Bessy alles und verzieh sie ihm, dann konnte jener getrost erscheinen, das Schreckgespenst seines Lebens sank in nichts zusammen, er war frei, erlöst!

Bernhard trat an die Türe, öffnete sie und horchte mit klopfendem Herzen, nichts! Nur der Sturm prallte gegen das Haus, er war jetzt nicht in der Verfassung, ihr Mut einzuflößen, es war ihm selbst, als müsse er darum beten. – Doch die Unruhe wuchs, – warum war es so unheimlich still da oben? War sie wieder besinnungslos oder war alles nur Einbildung?

Er schlich über den Gang, die Stiege hinauf.

Ein schwacher Lichtstrahl fiel durch die Türe des Schlafgemaches.

»Gott! Du wirst mich nicht so furchtbar strafen! Laß sie nur leben, nur leben. Gib mir Zeit, zu sühnen!« flehte er, sich auf das Gebälk lehnend.

Leises Wimmern ertönte, dazwischen Loos tröstende Stimme.

»Ich bekenne alles, alles!« schwur er bei sich selbst.

Da gellte ein jäher Schrei, den Sturm übertönend. Er wollte hinausstürmen, er konnte nicht, die Füße waren ihm wie gelähmt.

»Bessy! Bessy!« schrie er in Todesangst.

Was war das? Er horchte, auf der Treppe kniend, weit vorgebeugt, – das kreischende Weinen eines Kindes drang an sein Ohr.

Jetzt schnellte er empor und stürzte hinauf, – die Türe war verschlossen.

»Oeffne, Loo!« keuchte er.

Leise schob sich der Riegel. Loo stand vor ihm, vertraulich blinzelnd.

»Ueberstanden!« flüsterte sie. »Ruhe, Herr!«

In weißem Linnen zappelte es. Loo zog lächelnd die Hülle weg von dem süßen Geheimnis. Zwei erstaunte schwarze Augen blickten ihm entgegen, zwei zarte Fäustchen ballten sich –

»Bernhard!« flüsterte es matt daneben.

Er sank auf die Knie vor seinem bleichen Weibe und bedeckte ihre Hand mit Küssen und Tränen.

»Ein Mädchen, sei nicht böse,« lispelte Bessy mit einem schwachen Druck der Hand. Bernhard zuckte zusammen. Das war eine schlimme Vorbedeutung, aber der Anblick Bessys verscheuchte rasch den bösen Gedanken. Die Gewalt des Augenblicks ließ ihn nur eine Sekunde in seiner Seele auftauchen.

»Sprich nicht davon, ich bin ja so glücklich,« sagte er mächtig bewegt.

Ein dankbarer Blick traf ihn.

»Dann, Bernhard,« – sie zog ihn mit schwachen Kräften näher an sich, – »versprich mir eins in dieser Stunde – Offenheit! Es liegt etwas Unausgesprochenes zwischen uns, was dich bedrängt, ich fühle es. Ich will den Anfang machen, aber heute nicht, – heute nicht, – morgen, nicht wahr, morgen! Dann folgst du nach, was es auch sei; ich liebe dich ja, Bernhard –«

Ihre Stimme wurde schwach, sie schloß ermattet die Augen. Loo ließ ein mahnendes ›Pst‹ vernehmen.

Nein, jetzt durfte er nicht sprechen, es lag ihm schon auf der Zunge das Geständnis, er fühlte, daß er es nie mehr so leicht werde aussprechen können, als jetzt in diesem Halbdunkel, auf den Knieen vor ihr, die ganz erfüllt war von dem heiligsten Gefühle; er fühlte, daß sie ihm jetzt vergeben müsse. Wenn sie jetzt die Augen wieder aufschlug, wollte er es dennoch tun.

Doch Loo zog ihn gewaltsam weg und schob ihn zur Türe hinaus. – Da wankte er wieder die Stiege hinab mit der alten Last. – Morgen!

Er erwachte in dem Lehnstuhl der Wohnstube mit wüstem Kopfe und dachte vergeblich über seine Träume nach. Er brachte keine Ordnung in den wirren Knäuel von Begebenheiten, dieser Henri Smidt war überall darin verwoben, bald lachend über Bernhards Aengstlichkeit, ihn auf die Schulter schlagend, wie einem alten Freund, – ›da bin ich, kennst du mich nicht mehr?‹ – bald aus einem dunklen Winkel möglichst überraschend auftauchend, in dem Zustande, wie ihn Bernhard verlassen, bleich, triefend von Seewasser, mit drohendem, höhnischen Blick, – ›jetzt hab’ ich dich und lasse dich nicht mehr los.‹

Bernhard trat ans Fenster und lehnte die heiße Stirne an die Scheiben. Der Sturm hatte ausgetobt und der Schnee fiel in rhythmischer, schläfriger Eintönigkeit auf die lautlose Landschaft. Der Anblick beruhigte Bernhard, wenn er nur ein ganzes Leben lang so gedankenlos hineinstarren könnte in dieses Flockenspiel! Das größte, einzige Glück ist doch die Ruhe, die ewige Ruhe, – der Tod! Zum ersten Mal kam ihm der Gedanke, das wäre eigentlich die einfachste Lösung, das sicherste Entrinnen aus diesem Klippenmeer, das ihn umgab. Gebüßt, – gesühnt, – alles mit einem Mal. – Alles? – Nein, nichts! Es handelte sich ja nicht um seine Buße und Sühne. Es handelte sich um die getreue Erfüllung des Vermächtnisses, das ihm anvertraut wurde an der Schwelle des Todes, um die Ehrenrettung dieses Smidt, die Verzeihung Bessys. Um das alles hatte er jenen betrogen, und wenn er sich nun selbst tötete, dann nahm er das unerfüllte Versprechen, die ungesühnte Schuld mit hinüber. Also auch das war kein Ausweg, kein ehrlicher wenigstens.

Von oben tönten gedehnte Laute durch die Decke, wie aus weiter Ferne, die schläfrige Melodie eines Wiegenliedes. Die alte Loo sang.

Bernhard schlug unbewußt den Takt dazu auf den Fensterscheiben. Der Zweig einer mächtigen Kastanie berührte fast die Scheiben, die harzigen, glänzenden Knospen guckten überall aus der Schneemasse hervor, die Verheißung des Frühlings mitten im Winter. Er fühlte sie plötzlich auch in seiner Brust, bei diesen Tönen von oben.

»Zu Bessy,« flüsterte er und ging hinauf.

Sie war eben aus einem kräftigenden Schlummer erwacht, die überstandenen Leiden, die Mutterwonne durchgeistigten ihre Züge, nahmen ihr alle Härten des Lebens, sie war ihm nie so rührend schön erschienen.

Sie machte Loo ein Zeichen, zu gehen; die Kleine schlief in der Wiege nebenan.

Bernhard wußte, was das bedeutete, jetzt galt’s!

»Setz’ dich zu mir, – so, – deine Hand. Jetzt beichten wir. Zuerst ich, dann du.«

Er gehorchte. Die Last wuchs ins Ungeheure in diesem Augenblick, seine Schultern beugten sich unter ihr, er mußte sie abwerfen, er war fest entschlossen dazu.

Die sanfte Röte auf Bessys Wangen wurde zur Purpurglut.

»Du hast mir vorgeworfen, ich habe einen andern Mann vor dir geliebt, jenen Henri Smidt, den Mörder meines Vaters, der mich heiraten wollte, und ich hätte ihn auch geheiratet, wenn er ein wohlhabender Mann gewesen wäre, wie du. Es ist etwas Wahres daran.«

Bernhard fuhr auf, sie legte beschwichtigend ihre Hand auf seine Schulter.

»Ich liebte ihn nicht, das ist mir erst völlig klar geworden, als ich dich kennen lernte und erfuhr, was Liebe ist. Ich wußte es bis dahin nicht. Dieser Mann betete mich an, abgöttisch, sklavisch, jeder Wink von mir war ihm Befehl, ich weiß, er hätte sich töten lassen für mich ohne Besinnen. Das gefiel mir damals, ich war recht herrschsüchtig, eigenmächtig, ich reizte ihn förmlich, die Grenze zu überschreiten, die er streng einhielt. Eine kindische, gewiß sträfliche Neugierde, die jedem Mädchen in solchen Dingen eigen ist, trieb mich dazu. Zu spät erschrak ich über meinen Fehler; seine Leidenschaft, einmal entfesselt, war maßlos. Wäre sie das weniger gewesen, so hätte meine Unerfahrenheit ihm vielleicht zum Sieg geholfen, ich leugne das nicht, wir wollen ja ganz offen sein. Doch dieser Ausbruch erschreckte mich, es lag, trotz aller Liebe, etwas Rohes, Gewalttätiges darin. Der Sklave, der mich gereizt, mit dem ich kindisch frevelhaft gespielt, war verschwunden, ein drängender, fordernder, auf sein Recht pochender Mann stand vor mir, für den ich nichts empfand. Ich wies ihn derb ab, er hörte nicht darauf, er hielt es wohl nur für Schein und wurde noch ungestümer. Ich floh vor ihm zum Vater und sagte diesem alles.«

»Der schäumte vor Wut, mit Mühe hielt ich ihn von Tätlichkeiten zurück, vielleicht wäre es besser gewesen, ich hätte ihm nichts gesagt. Die Erbitterung Smidts wäre vielleicht nicht aufs äußerste getrieben worden. Mein Vater wies ihn ab voll Hohn, er lachte ihn aus und behielt ihn im Dienst, als ob er es aus Rache für seine Anmaßung getan hätte. So wenigstens kam es mir vor, denn er verhöhnte ihn immer wieder bei jeder Gelegenheit.

»Jener aber blieb trotz aller Erniedrigung, allem Hohn, zu dem ich selbst mich in meinem Uebermut gegen ihn verleiten ließ, er blieb immer –«

Bessys Stimme klang jetzt so sonderbar, es war, als ob eine aufsteigende Rührung sie erstickte.

»Er schien vor nichts zu zittern, als vor seiner Einlassung, nie mehr belästigte er mich mit einem Wort, mit einer Gebärde, er schien zufrieden, bleiben zu dürfen, in meiner Nähe.«

»Und die Zeit abwarten zu dürfen, wo er euch das alles tüchtig heimzahlen konnte,« unterbrach sie Bernhard. »Und er wartete sie so vortrefflich ab, daß noch etwas anderes dabei für ihn abfiel, als nur die Befriedigung seiner Rache, – ein Vermögen! Damit ist der schöne Roman verdorben, nicht wahr?«

Bernhard gab sich vergebliche Mühe, den ihm selbst unbegreiflichen Haß gegen diesen Menschen, der in ihm immer wieder aufstieg, zu bemeistern. War er denn gekommen, um anzuklagen? Oder glaubte er bereits selbst nicht mehr an das Vermächtnis Smidts? Oft war es ihm wirklich, als habe ihn jene furchtbare Nacht auf der See wahnsinnig gemacht und alles, was sich daran knüpfte, sei nur eine fixe Idee. Er war gar nicht zusammengekommen mit diesem Smidt, das Geld war wirklich sein Geld.

Bessy hörte ihm ruhig zu.

»Und ich weiß es bestimmt, er schickt es zurück,« erwiderte sie im Tone fester Ueberzeugung. »Ein Dieb ist er nicht, ganz bestimmt nicht. Es ist mir ganz unerklärlich, daß es nicht schon längst geschehen ist, irgend etwas muß ihn daran gehindert haben, vielleicht ist er tot und hatte nicht mehr Zeit dazu, – vielleicht –«

In Bernhard kochte es; diese Zuversicht, dieses Vertrauen Bessys machte ihn toll. Er hatte die feste Ueberzeugung, daß Smidt die Summe nie zurückgesendet hätte, wenn er gerettet worden wäre, ja, daß er, wenn er wirklich gerettet war, sein Geständnis schon längst bitter bereute. Wenn es wirklich anders wäre, so wie Bessy denkt, wer war dann der Schlechtere, Smidt, der Mörder, oder er, Bernhard, der Fälscher, der Betrüger?

Er lachte schneidend auf.

»O ihr Frauen, ihr seid doch eine wie die andere, keinem könnt ihr's vergessen, wenn er einmal in euch vernarrt war. Unsinn ist das alles! Nie!« – er sprach das Wort mit größtem Nachdruck »nie schickt er es zurück!«

Dann rannte er wie toll geworden in der Stube umher.

Bessy verstand seine Erregung nicht. War das wirklich nur Eifersucht? Wieder dämmerte in ihr ein verworrener, unklarer Gedanke auf.

»Oder halt?« Bernhard blieb vor ihr stehen, sein Antlitz war verstört, sein Blick unruhig. »Wir wollen einmal annehmen, er sendet es zurück, dann käme es doch erst noch auf die Umstände an, unter welchen er das tut; zum Beispiel, ich nehme nur an, es wäre ja so etwas möglich, denkbar –« Er zögerte einen Augenblick, als besinne er sich erst auf das Beispiel. »So zum Beispiel: Henry Smidt wäre mit mir auf dem Schiffe, er wäre der Unglücksgefährte gewesen, von dem ich dir oft erzählt, den ich am Ende zu früh verließ. In der Stunde des Todes regt sich in ihm das Gewissen. Er hat niemand, wie mich, er beichtet mir alles, er hat das Geld des Vaters noch in der Tasche. Was soll er damit anfangen? Soll er es mit hinunternehmen zu den Fischen? Lieber doch es zurückerstatten, die Schuld wenigstens teilweise wieder gut machen, er muß ja sterben, vor seinem Richter erscheinen. Er gibt es mir, ich bin noch kräftig, habe noch Aussicht gerettet zu werden, um es dir zu bringen oder zu senden. Wenn es so wäre, und nur in einem solchen Falle gebe ich die Möglichkeit zu, dann würdest du dich freuen, daß deine Erwartung eingetroffen, würdest ihn bemitleiden, bedauern?«

Bessy erhob sich mühsam und sah ihren Mann groß an, die Röte wich aus ihrem Antlitz. Er erschrak vor diesem starren, fragenden Blick. Hatte er zu viel gewagt in seinem inneren Drang zu bekennen? Hatte er schon bekannt, durchschaute sie ihn? Wenn sie diesem Menschen einen Raub nicht zutraute, konnte sie doch nicht ihm –

»Ich sage dir aber, daß eine solche Tat in der Todesangst ganz wertlos ist, daß sie an der Beurteilung des Menschen gar nichts ändert. Setze den Fall, – und der wäre ja möglich, – der Mann wird durch irgend einen Zufall gerettet, sein erstes wird sein, daß er die Rückgabe bitter bereut. An das denkst du nicht, nicht wahr, an das denkst du nicht?« fuhr er zu sprechen fort.

Bessy ließ den Blick nicht mehr von ihm.

»Daß der Mann durch einen Zufall gerettet werden konnte, o ja, daran denke ich sehr oft, so oft als du.«

Bernhard stutzte. »Aber ich meine ja nicht den Mann, von dem ich dir schon früher erzählte, der mit mir, – – ich meine Henry Smidt, – für den Fall – –«

»Daß er eben dieser Mann gewesen sei,« ergänzte Bessy. »Ich verstehe dich ganz gut. Du würdest ein solches Vermächtnis, in so furchtbarer Stunde dir anvertraut, natürlich haarklein erfüllt und in meinem, der Unbekannten Namen, dem Sterbenden verziehen haben, der in diesem Augenblick alles und gewiß das Schwerste tat, was er tun konnte. Du selbst würdest ihm dein Mitleid nicht entzogen haben, nicht wahr?«

Die Frage klang sonderbar; unbedingt hatte Bernhard zu viel gewagt, aber gerade der begründete, unbestimmte Verdacht, den er in Bessy aufdämmern sah, empörte ihn, ließ ihn augenblicklich aller Bekenntnungsgedanken sich entschlagen.

»Aber darum handelt es sich ja nicht, was in diesem Fall geschehen wäre, – wie kommst du denn darauf? – Das ist doch selbstverständlich, – oder glaubst du, ich hätte – Nein, das kannst du nicht glauben, was veranlaßt dich dazu, – ich mag es gar nicht aussprechen, – diesen Menschen, der einen Mord begangen, nimmst du in Schutz, und mich, – mich verdächtigst du?«

»Verdächtige ich dich denn?« fragte Bessy in demselben prüfenden Tone.

»Mich verdächtigen, natürlich, das kannst du ja nicht, aber, – Gott, du weißt ja, wie es mich angreift, wenn von diesem Gegenstand gesprochen wird, schweig', schweig', ich bitte dich, – du machst mich wahnsinnig, ich bitte dich –«

»Bernhard,« klang jetzt die Stimme Bessys unendlich mild, ein heißes Flehen lag darin. »Jetzt kommt die Reihe an dich, ich habe jedes Fältchen meines Innersten aufgedeckt, du weißt jetzt alles! – Auch du hast mir etwas zu bekennen, ich fühle es, und zwar handelt es sich um diese entsetzliche Nacht auf dem Meere, um diesen Mann. Du hast mir nicht alles gesagt, es hat eine besondere Bewandtnis damit. Ich habe schon von schrecklichen Dingen gelesen, die sich unter ähnlichen Umständen ereigneten, im Kampf ums Leben, in der äußersten Todesangst, von Mord, von Schlimmerem, wenn der Hunger in den Eingeweiden wühlt, was die Menschen dann wahnsinnig macht. Sprich, ich kann alles hören, alles verzeihen, jedes natürliche Grauen selbst wird meine Liebe zu dir überwinden. – Was war's mit diesem Manne?«

Bernhard schmerzte jetzt ihr Blick, es war ihm, als zöge sie ein arglistiges Netz um ihn, als wären ihre Worte nur eine List, aus ihm die Wahrheit herauszulocken, die sie doch unbedingt in diesem Augenblick ahnte.

Alle weichen Empfindungen waren aus seinem Herzen plötzlich entschwunden, alle Hoffnung auf Vergebung, er fühlte nur noch den ihn kränkenden Verdacht und war erfüllt von dem Drange, ihn zu zerstreuen.

Er lachte gezwungen. »Na, das wird ja immer besser, jetzt hältst du mich gar für einen Kannibalen, ich habe ihn womöglich ausgefressen, den armen Teufel. Höre, Bessy, das ist stark.«

Dann schlug er plötzlich einen entrüsteten Ton an. »Ist es denn nicht genug an dem, was ich dir schon oft erzählt? Genügt das nicht, einen Menschen zu beunruhigen? Wenn man einen Unglücksgenossen im letzten Augenblick schmählich verläßt, anstatt alles aufzuwenden, ihn zu retten? Das tat ich aber, gestand ich dir denn das nicht schon längst? Ich nahm an, er sei gestorben, weil es mir so bequem war, weil ich sicherer dem Tode entrann, darin liegt der Vorwurf, der mich nimmer verläßt. Kannst du mir denn das nicht nachfühlen? Bist doch sonst so feinfühlig. Verstehst du nicht, wie mich der Gedanke quälen muß, den anderen feige verlassen zu haben, um mich selbst zu retten? Was habe ich denn Böses getan, seitdem wir uns kennen, daß du mir solches zutraust, daß dir diese eine Feigheit, die ich begangen, noch nicht genügt? Bessy, sag', was hab' ich dir getan, daß du mich für so schlecht hältst?«

Er warf sich in wilder Erregung vor ihr nieder und vergoß helle Tränen. Bessy strich ihm die wirren Haare aus der Stirne; die Bewegungen ihrer sanften Hand beruhigten ihn wunderbar, die Reaktion trat ein, wie süßer Schlaf und Vergessen kam es über ihn, – da erwachte das Kind und schrie nach der Mutter.

Bessy nahm die Kleine zu sich, dann blickten sie auf das beruhigt zwischen ihnen liegende Kind, das seine großen, dunklen Augen zwischen beiden hin und herwandern ließ. Eine große Fliege summte um die verschüttete Milch auf dem Tische, draußen senkten sich noch immer gleichmäßig die Flocken. – Himmlische Ruhe nach wildem Sturm. – »Wie es dir ähnlich sieht,« sagte Bernhard, »die Augen, die Stirne –«

»Und das zuckersüße Mündchen, und wie es die Fäustchen ballt!« ergänzte Bessy, »und jetzt, sicherlich jetzt lachte es mich an!«

Bernhard liebkoste ihm das rosige Kinn, Bessy küßte die goldenen, geringelten Härchen. Der finstere Abgrund, der sich eben zwischen ihnen aufgetan, er schien verhüllt durch die liebliche Gestalt dieses kleinen Wesens.

Bernhard war es, als habe er alles gestanden, so leicht, so frei fühlte er sich, und als Bessy ihm über den kleinen Körper hinüber die Hand reichte und ihren Mund zum Kusse bot, verstand er sie, – alles ist vergeben, vergessen, die Vergangenheit tot, hier liegt unser Glück, unsere Zukunft, ihm sei fortan unser Leben geweiht! War das nicht ebensoviel, als die erhoffte Erlösung?

Ja, vielleicht schloß sie die dunkle Ahnung dessen, was ihm auf der Seele lastete, schon ein in ihr Vergeben und Vergessen, vielleicht wollte sie selbst kein Geständnis mehr, wozu auch?

An diesen Gedanken klammerte er sich fest, er belog sich selbst damit, – frei! frei!

IV.

Bernhard hatte damals von der Fischerhütte aus richtig gesehen, der Mars der ›Columbia‹ war wirklich leer, d. h. er war vor wenigen Stunden von der Bemannung eines Fischerbootes geleert worden, welches von einem der vielen benachbarten Eilande gekommen war, um, nachdem sich die See einigermaßen beruhigt, nach den Trümmern des unglückseligen Schiffes zu fahnden, dessen Notsignale man dort die ganze Nacht hindurch bei dem Sturme wohl gehört hatte.

Die Leute waren nichts weniger als erfreut über ihre Ausbeute: eine im Mars hängende männliche Leiche. Der übrige Teil des Schiffes war nicht mehr zugänglich. Schon wollten sie fluchend wieder umkehren, als einer von der Mannschaft den Vorschlag machte, wenigstens die Leiche zu untersuchen; wenn der Mann auch nicht danach aussehe, als ob er viel Wertvolles bei sich trage, so sei es doch am Ende angezeigt, nachzusehen, denn für die Fische sei selbst die Wolljacke zu gut, die jener anhabe.

Das leuchtete auch allgemein ein. Man holte den Mann über, und als man sich eingehend mit ihm beschäftigte, erkannte man, daß man es mit einem noch lebenden Menschen und nicht mit einer Leiche zu tun hatte.

Das änderte die Sache. Diese Männer, unter Gefahren und Entbehrungen aufgewachsen, hatten ein sehr weites Gewissen, so lange es totes Seegut galt, denn das hielten sie nun einmal seit undenklicher Zeit für ihr Eigentum; handelte es sich aber um ein Menschenleben, dann waren sie auch jederzeit bereit, das ihrige dafür einzusetzen. Das bringt die gemeinsame Gefahr mit sich, der trotzige Bund, welchen sie geschlossen gegen das feindselige, sie stets bedrohende Meer.

So taten sie alles für den Schiffbrüchigen, der in den letzten Zügen zu liegen schien, aber es gelang ihnen nicht, ihn zum Bewußtsein zu bringen.

Der Kapitän eines englischen Segelbootes, das auf einer der Inseln Wasser faßte, erklärte sich bereit, den Mann, der ja doch nach Europa wollte, an Bord zu nehmen; erwachte er nicht mehr, so war ja die Arbeit auch nicht groß, und ein Schiffbrüchiger hatte einmal Anspruch auf Unterstützung.

Nach dreitägiger Fahrt erwachte indes Henry Smidt wieder zum Leben, nur sein Gedächtnis war völlig erloschen; er wußte nicht einmal den Namen des Schiffes zu nennen, auf welchem er nach Aeußerung seiner Umgebung Schiffbruch gelitten haben sollte, seine Erinnerung schloß sonderbarerweise mit dem blutigen Ereignis auf Crosby Ranch plötzlich ab. Die Folge davon war, daß dieses ihm mit seiner ganzen Wucht, mit all' seinen Einzelheiten nur um deutlicher vor Augen stand. Er fuhr wieder mit Tom Crosby durch den Wald, es dunkelte schon, er lenkte die Pferde, Crosby war angetrunken in seiner Freude über den guten Verkauf seines Gutes und verhöhnte ihn mit seiner Werbung um Bessy, – ihren Stiefelputzer könne er jetzt machen in New-York. – Smidt schlug ihm mit dem Peitschenstiel in das Gesicht, – da zog Crosby den Revolver, – jener kam ihm zuvor und schoß ihn nieder. – Es galt nur einen Augenblick, – Crosby hätte keine Umstände gemacht, und wäre er nüchtern gewesen, so war es um Smidt geschehen.

Crosby war aus dem Wagen gestürzt, die Pferde gingen, erschreckt von dem Schuß, durch. Smidt sprang hinaus, vielleicht war dem Verwundeten noch zu helfen. Er hätte ihn gewiß nicht hilflos liegen lassen, war er ja doch der Vater Bessys; doch der Mann, er regte sich nicht mehr, die Kugel war ihm durch das Hirn gegangen. – Smidt wollte fliehen; wenn der Wagen leer ankommt, dachte er, wird man suchen, die Leiche finden, ihn verfolgen, – da fiel ihm ein, daß der Tote die Kaufsumme bei sich trug, 50 000 Dollar, er hatte selbst gesehen, wie jener sie zu sich steckte. Wer weiß, wer ihn findet, wer zuerst zu ihm kommt? Sie könnten gestohlen werden, dachte er, das durfte nicht sein, es war ja Bessys ganzes Hab und Gut, man kann es ihr ja schicken. Er steckte das Paket ein, es war wohl versiegelt, und –

Da war es aus, von da an wußte er nichts mehr, so sehr er sich auch anstrengte. Von seinem Weg durch das Land, auf das Schiff, von dessen Untergang, seiner Rettung, – nichts, gar nichts, als was die Leute ihm erzählten.

›Ich steckte das Paket ein,‹ sagte er sich immer wieder, das letzte Bild seiner Phantasie festhaltend und bemüht, sich das, was nun folgte, ins Gedächtnis zurückzurufen. ›Ich steckte das Paket ein!‹ – Da griff er nach seiner Brust, er hatte ein anderes Gewand an, er rieb sich die Stirn.

›Und was tat ich dann damit? Habe ich es Bessy zurückgesandt, ehe ich aufs Schiff ging? Oder hatte ich es dort noch? – Habe ich es noch?‹

Er war allein in einer engen Koje. Er rief. Der Kapitän selbst kam herunter.

»Nun, kommt Euch allmählich alles?« fragte ihn dieser.

Henry hörte nicht darauf.

»Nur eins, Herr Kapitän, haben Sie die Kleider untersucht, in welchen ich aufgefunden wurde?«

»Nein, mein Junge, das habe ich nicht, wäre auch ganz überflüssig gewesen, da sie jedenfalls schon von anderen Händen ausgesucht waren. Das geht für Finderlohn, ein Taschenmesser, eine Tombak-Uhr, ein paar Dollar vielleicht, wer wird danach fragen, wenn's so gut abgegangen ist!«

Henri wollte in seinem Schreck schon mit der Wahrheit herausplatzen, doch besann er sich noch eines besseren und bat inständig um seine Kleider. Der Kapitän ließ sie ihm lachend bringen.

Henry durchwühlte vergeblich die Taschen, sie waren leer. Also hatte er entweder das Geld schon an Bessy abgesandt oder die anderen Hände hatten es gefunden, von denen der Kapitän sprach. Das wäre entsetzlich, dann war er ein Raubmörder in Bessys Augen, Bessy eine Bettlerin durch ihn.

Er strengte sein Gehirn bis zum äußersten an. Solch' einer Tatsache, wie der Rücksendung des Geldes an Bessy, hätte er sich doch erinnern müssen. Warum behielt er aber das Geld so lange in Händen? Warum nahm er es mit sich auf das Meer? – Weil er Entdeckung fürchtete, ganz natürlich, – oder war nur einen Augenblick der Gedanke in ihm aufgestiegen, es zu behalten, nachdem es einmal in seine Hände gefallen war? Er dachte doch nicht im Augenblick des Mordes an das Geld in der Tasche seines Opfers. In diesem Augenblicke nicht, aber dann, was er dann dachte, – sich auch an Bessy rächen, – Unsinn! Er liebte sie ja noch immer, er bereute auch sofort die Tat, zunächst nur deshalb, weil sie ihn auf immer von ihr trennte. Was sollte er mit dem Geld? Sein Leben war jetzt ja doch verpfuscht. Und warum war denn jetzt sein erster Gedanke die Rückgabe der Summe? Doch das alles war ja gleichgültig, wo war das Geld hingekommen? – Darum handelte es sich jetzt vor allem.

Um diese Frage zu lösen, galt es den Zusammenhang der Ereignisse wieder zu finden. – Dem Kapitän waren solche Fälle schon mehrere begegnet gerade bei Schiffbrüchigen, die lange entsetzlichen Qualen ausgesetzt waren; nach seiner Ansicht war das schlechteste Mittel, den geistigen Defekt zu heilen, das Grübeln. Einfach sich gehen lassen, möglichst wenig denken, von Zeit und Zufall alles erwarten.

Das war leicht gesagt, für jeden andern auch leicht zu tun, nur für Henry Smidt nicht, – den Mörder, für den, je rascher er wieder zu seinen Kräften kam, die Untätigkeit eine Seelenmarter, das Nichtdenken unmöglich war.

Das eine Gute hatte sein sonderbarer Zustand, er verriet sich nicht, weder in seinen Fieberphantasieen, noch bei seinem jähen Erwachen. Nur als man ihn nach seinem Namen fragte, besann er sich etwas zu spät.

›Henri,‹ sagte er; dann dachte er der Gefahr.

›Müller,‹ fügte er bei statt Smidt.

Er gewann jetzt Zeit, für alle Fälle sich ein System auszubauen, nach dem er seine Worte zu richten hatte.

Ja, am Ende war der ganze Schiffbruch für ihn ein Glücksfall, vielleicht war die Polizei drüben schon in Kenntnis gesetzt von seiner Anwesenheit auf dem Dampfer, dessen Namen ihm nicht einmal einfiel, den er sicher in seiner Unvorsichtigkeit genannt, wenn er ihn gewußt hätte.

Als Mörder aber ergriffen zu werden, war ihm der fürchterlichste Gedanke, noch dazu unter diesen Umständen als gemeiner Raubmörder.

Er war es in seinen eigenen Augen nicht, er hatte nur sein Leben gegen einen Mann verteidigt, der ihn bis aufs äußerste gereizt hatte. Tat dasselbe nicht jeder in diesem Lande? Gewiß, er fühlte Reue, er hätte viel darum gegeben, die Tat ungeschehen zu machen, aber für einen Sträfling fühlte er sich trotzdem noch viel zu gut. Bessy war für ihn unwiederbringlich verloren, das war ihm die furchtbarste Strafe für seine blutige Tat, die er sich denken konnte; er hatte ja noch immer gehofft, – und jetzt mußte sie ihn gar für einen gemeinen Dieb halten, der ihren Vater des Geldes wegen umgebracht, der sie zur Bettlerin gemacht. – Immer klarer wurde es ihm, daß er das Geld nicht an sie zurückgesandt. Allmählich erhellte sich der Weg von dem Tatort bis zur See, einzelne unbedeutende Vorfälle kamen ihm ins Gedächtnis zurück; da mußte er sich doch auch an das erinnern können!

Drei Wochen waren vergangen, er bot sich dem Kapitän freiwillig zum Dienst an, Müßiggang war gefährlich für ihn.

Eines Abends sprang der Wind um, es versprach eine stürmische Nacht zu werden, er bat den Kapitän, einen Matrosen Namens Willi Carper, an den er sich am meisten angeschlossen hatte, auf den Mars hinauf begleiten zu dürfen, wo dieser gerade die Nachtwache hatte.

Bis die Nacht einfiel, schwatzten sie, dann galt es Vorsicht, der Wind preßte arg von der Seeseite her; die Matrosen refften die Segel ein, dann wurde es ruhig unten, alles ging unter Deck. Sie standen beide an den Mast gelehnt, die Wache spähte angestrengt in die Runde, man segelte mitten im Dampferkurs und konnte leicht einem begegnen, da hatte Henry wieder Zeit zum Denken. Der Mast, den er umfaßt hielt, um nicht auszugleiten, neigte sich knarrend, Carper lehnte mit der Schulter an ihm.

Wieder begann Henry für sich: Wir fuhren durch den großen Wald, er war betrunken, er verhöhnte mich, da packte mich die Wut –«

In die tosende Sturmnacht starrend, wiederholte er sich Wort für Wort die traurige Geschichte. Plötzlich stieg es ihm heiß zu Kopf, trotz der empfindlichen Kälte. – ›Habe ich denn das alles nicht schon jemand erzählt?‹ Er mußte lachen. ›Das erzählt man doch niemand,‹ fuhr er in seinem stummen Gespräche fort, ›weiß Gott, wer ihn findet mit dem vielen Geld, und Bessy soll es nicht verlieren. – Ich wollt ihr's schicken, und so nahm ich es mit. – Ja, heiliger Gott, wo sagt' ich denn das alles schon einmal? Da unten, in der Koje zu mir selbst? Nein, nein, hier auf dem Mars an den Mast gelehnt wie jetzt, – eine Sturzwelle warf bis herauf ihren Gischt, – der andere lehnte sich fest an mich, wie jetzt der Matrose. – In einer solchen Nacht.‹ – Jetzt öffnete sich der Schleier der Vergangenheit. Er fühlte und drückte sein pochendes Hirn.

›Zu wem sagte ich das nur? Und wo? Wo? Doch hier nicht?‹

Der Mast beugte sich tief hinab, klatschend peitschte eine Woge sein Gesicht, dann ging's wieder in die Höhe, – wie ein Blitzstrahl zuckte es auf in ihm: ›Im Mars der – der Columbia!‹

Er schrie das Wort laut, daß sein Gefährte sich erstaunt zu ihm kehrte. –

›Seinem Unglücksgefährten, einem großen, starken Mann, hatte er das alles erzählt. – Weiter, weiter!‹ Wie ein ermatteter Schwimmer das rettende Ziel unverrückt im Auge behält, so steuerte er mit seinen Gedanken immer auf denselben Punkt zu.

Schon hatte er das Bild des Mannes erfaßt, er hörte seine Stimme wie aus weiter Ferne, – »lassen Sie das dumme Zeug, eine Flasche Schnaps wäre jetzt wertvoller.‹ – Wie kam ihm nur das gerade in den Sinn? Was für dummes Zeug soll er lassen? – Er horchte immerfort in den Sturm, – wenn ihn nur der Matrose an seiner Seite nicht störte und den Ideengang zerriß, dann mußte er darauf kommen.

›Sprechen Sie, wenn Sie etwas auf dem Herzen haben,‹ tönte von neuem die fremde Stimme durch den Sturm. Er sprach nochmals die ganze Erzählung vor sich hin, – ›wir fuhren durch den Wald – –‹

›Und ich soll der Bessy Crosby dieses Geld zurückbringen?‹ klang die Stimme klar und deutlich, als er fertig war.

»Und wenn Sie es nicht tun, dann sind Sie der Mitmörder des Crosby,« sagte er laut und fest.

»Was schwätzt du denn da von einem Mörder in solch wüster Nacht?« fragte der Matrose.

Er hörte ihn nicht, starrte immer noch in die Finsternis. ›Dann gab ich ihm das Paket, er nahm es, – dann, – weiß ich nichts mehr.‹

Henry war so ermattet von diesem geistigen Ringen, daß ihn Schwindel erfaßte. Der Schlaf habe ihn übermannt, entschuldigte er sich und ging hinab in die Koje.

Hier prägte er erst die flüchtigen Bilder aus, sie kamen ihm immer klarer, deutlicher zum Bewußtsein, – es war der völlige photographische Prozeß in der Camera obscura.

Also ist Bessy schon im Besitz des Geldes, sie weiß, daß er kein Dieb ist, daß er nur im Zorn getötet, um sich zu verteidigen. Das war für ihn das glücklichste Resultat des Experimentes, d. h., wenn jener Mann nicht selbst auf dem Grund des Meeres lag, oder –? Was oder?

Es gab kein oder! doch halt! Wenn dieser Mensch ein Schurke und – pfui, das war erbärmlich gedacht, ganz eines Mörders würdig. Ein solches Vermächtnis, in solcher Stunde übergeben, einem, der selbst am Rande des Todes stand! Und er erinnerte sich jetzt an das Aussehen seines Unglücksgefährten, eines schönen, kräftigen Mannes mit treuen, blauen Augen, an seine herzlichen Worte, seine Fürsorge für ihn, und der sollte – – –

Hätte er ihm überhaupt so etwas anvertraut, wenn er nicht Zutrauen zu ihm gehabt? Und gerade in solchen Augenblicken sieht man scharf.

Nur zu früh verlassen hatte jener ihn, das war nicht recht, er hätte sich zuerst von seinem wirklichen Tode überzeugen müssen und dann erst sich retten. Wenn er das doch absichtlich getan hätte, des Geldes halber? Maschinist, sagte er, ja, das war er auch, er hatte ihn selbst früher bei der Maschine gesehen. – Leicht gewonnen, mit voller Sicherheit, nicht entdeckt zu werden, ohne Verbrechen!

Ohne Verbrechen? Wäre denn das nicht das gemeinste Verbrechen, das man sich denken kann? – Nein, nein, es ist ja nicht möglich! Schon längst wird jener das Geld abgeliefert haben, natürlich persönlich, das wird er nicht versäumt haben, es mußte ja auch für ihn etwas abfallen dabei, ohne klingenden Dank entläßt man keinen solchen Boten. Die stolze Bessy gewiß nicht, sie ist ihm wirklich zu Dank verpflichtet, – dem schönen Mann mit den treuen, blauen Augen. Er sah ihn hintreten vor sie, das Paket übergeben, – ›einen Gruß von Henry Smidt und er läßt um Verzeihung bitten, er ist tot, der Schurke.‹ – Sie hört auf alles das nicht, sieht nur den Boten, drückt ihm die Hand, lacht und weint vor Freude, – wie soll ich Ihnen danken? – Wie? Das fragen Sie, holde Bessy? Der schöne Mann glüht vor Verlangen und Hoffnung. O, o! Das ist fürchterlich, ich versperre mir den Rückweg für immer und sende einen andern, rüste ihn noch aus mit den kräftigsten Waffen – –

Das war ja eine qualvolle Nacht in der Koje, von teuflischen Blitzen erhellt, die ihr fahles Licht über entsetzliche Scenen warfen.

Des andern Morgens war Henry Smidt fest entschlossen, seiner Umgebung gegenüber von seiner geistigen Genesung nichts merken zu lassen. Er ersparte sich damit alle peinlichen Fragen; er war ja noch immer auf der Flucht als Mörder, das durfte er nicht vergessen, und wurde er verfolgt, war vielleicht seine Einschiffung auf der ›Columbia‹ irgendwie bekannt geworden, so galt er ja am besten für untergegangen mit ihr.

Die Gewißheit, daß Bessy das Geld erhalten habe und er in ihren Augen wenigstens vom schlechten Verdacht befreit sei, wuchs in ihm. Gewiß hatte sich der Mann irgendwie ans Land gerettet; ohne festes Vertrauen auf seine Schwimmkunst und ohne die Gewißheit des nahen Landes hätte er den verhältnismäßig sichern Ort gewiß nicht verlassen. Seiner anderen häßlichen Gedanken schämte sich Smidt selbst, – aber das beunruhigende letzte Bild blieb, die dankerfüllte Bessy vor dem schönen Boten! Die Eifersucht fraß an ihm.

Hundertmal sagte er sich: Und wenn es so wäre, wenn sie ihn aus Dankbarkeit heiratet, was ist dann? Für mich ist sie ja doch verloren. Daß er selbst die indirekte Ursache davon war, das ließ ihm keine Ruhe.

Der Kapitän war ärgerlich, daß ihm der Name des Steamers noch immer nicht einfiel, ja nicht einmal die Gesellschaft, zu welcher das Schiff gehörte; er hätte von derselben die Passage des verunglückten Mannes erhoben und gewiß auch ohne Widerrede erhalten. – Doch gab Smidt die Gesellschaft an, so wußte man auch den Namen des Schiffes, welches in der Zeit verloren gegangen, und das konnte gefährlich werden.

Auf dem Seegericht in Liverpool, wo man nach vierwöchentlicher günstiger Fahrt landete, behielt er sein System unentwegt trotz aller ungläubigen Mienen bei. Man vermutete, daß er Passagier der ›Columbia‹gewesen, deren Untergang bereits gemeldet war, konnte es aber nicht bestimmt behaupten; es waren verschiedene Schiffsunfälle gerade in der fraglichen Zeit vorgekommen. So stand er entblößt von allen Mitteln auf englischem Boden. An sein Fortkommen hatte er während der Fahrt wenig gedacht, diese Frage war vor den andern ihn erfüllenden ganz in den Hintergrund getreten; jetzt drängte sie sich ihm jedoch um so energischer auf. Er war ein gewandter Mensch und nach amerikanischer Sitte nicht verlegen im Ergreifen von irgend einer Tätigkeit. In einer Hafenstadt wie Liverpool interessierte wenigstens der Schiffbrüchige, als den er sich von dem Kapitän dokumentieren ließ. Das nützte er aus und kam im Bureau eines Reeders unter. Er hatte in seiner Jugend gute Bildung genossen, widrige Umstände hatten ihn nach Crosby Ranch verschlagen.

Seine neue Tätigkeit fesselte ihn an den Hafen, seine Gesellschaft war das Schiffsvolk; da spielten die dreitausend Seemeilen zwischen der alten und neuen Welt keine Rolle für ihn, er blieb in stetem Konnex mit drüben, wie mit einem Nachbarlande. Die Folge davon war, daß seine Wunden nicht verheilten, sondern immer wieder aufgerissen wurden, sein Gewissen nicht zur Ruhe kam. Die Ideenverbindung, welche ihm einst im Mastkorb des Seglers zu seinen vollen Verstandskräften wieder verholfen hatte, wurde ihm jetzt gefährlich. Er hörte von dem Untergange der ›Columbia‹, nur ein Boot mit dem Kapitän hatte sich gerettet, von dem Schicksal der übrigen war nichts bekannt, also auch von seinem Gefährten nichts; das war kein Beweis, verursachte ihm aber neue Unruhe.

Kam ihm einer aus dem Westen oder gar aus Illinois unter die Finger, so forschte er vorsichtig nach Nachrichten aus Pèoria, doch nie hörte er ein auf seinen Fall bezügliches Wort. Was galt ein Mord in dem unermeßlichen Land, was waren Crosby und Bessy!

Trotzdem bot diese Umgebung seinen quälerischen Gedanken stets neue Nahrung. Was ist dort geschehen? Wie hat sie seine Botschaft, sein letztes Vermächtnis an sie ausgenommen? Denkt sie erbittert oder versöhnt des Toten, für den sie ihn ja wohl halten muß? Mit jedem absegelnden Schiffe fuhr er selbst in Gedanken hinüber, nur die Angst vor Entdeckung hielt ihn zurück, die Reise in Wirklichkeit zu wagen. Wenigstens zwei Jahre mußte er warten, dann war in diesem schnelllebigen Lande wohl alles vergessen. – Aber schreiben konnte er ja an Bessy, anfragen, ob sie das Geld richtig erhalten, – ja, das könnte er.

Er schrieb unzähligemal und sandte die Briefe nie ab; denn auch das wäre gefährlich gewesen. Henry Smidt galt für tot, das war ja ein ungeheurer Vorteil; wozu ihn wieder in das Leben rufen, die Verfolger von neuem auf seine Fersen locken? Und sie, wird sie schweigen, wenn er sie darum bittet? Wird nicht der Haß gegen den lebenden Mörder wieder in ihr von neuem erwachen, wenn sie dem toten schon verziehen hat? –

Ein Jahr verging, er arbeitete sich tüchtig in sein neues Geschäft hinein und verdiente sein gutes Brot; er war unbedingt jetzt besser daran als auf Crosby Ranch, und doch drängte es ihn hinüber. Es war ein Wahnsinn, er setzte sich auf's neue der Gefahr einer Entdeckung aus, ohne jeglichen Vorteil, aber er konnte nichts dafür; er hatte gehört oder gelesen, es ziehe den Mörder immer wieder zurück zu dem Ort der Tat. Ob es das war? Nein! Er war kein Mörder, für den dieser Satz galt. Er war überhaupt kein Mörder im gewöhnlichen Sinne, er fühlte auch keine besonderen Gewissensbisse in dieser Beziehung, nein, es war etwas ganz anderes, was ihn hinübertrieb. Die Furcht, sein Genosse auf der ›Columbia‹ könne doch ertrunken sein, Bessy das Geld nicht zurückerhalten haben, das war's! Und was half in diesem Falle sein Kommen? Wird sie ihm die abenteuerliche Geschichte glauben? Nein. Ausliefern wird sie ihn. Hatte aber jener Mann seinen Auftrag wirklich erfüllt, was wollte er selbst dann drüben? Ihr Glück mit ansehen, das sie an der Seite eines andern, vielleicht eben jenes Mannes genoß, dem er durch sein Vermächtnis dazu verholfen. – Ja, das war's! Diese grausame, wollüstige Neugierde stachelte ihn immer wieder auf. Er fühlte, daß er eines Tages reisen werde, unbekümmert um das andere.

Ein Vollbart umrahmte jetzt sein Gesicht, er war bedeutend gealtert, man würde ihn schwerlich noch erkennen. Dann könnte er ja von Missouri aus seine Nachforschungen anstellen; die Tat war in Illinois begangen, das genügte bei den verschrobenen, kleinlichen Rechtsverhältnissen völlig zu seiner Sicherheit.

So verging wieder ein zweites Jahr. Es gehörte auch ein Entschluß dazu, auf die erworbene Stellung zu verzichten, die sorgfältig zu diesem Zweck gemachten Ersparnisse reichten noch lange nicht hin. Dabei wuchs der Drang einer schmerzhaften Sehnsucht, von der er selbst nicht wußte, galt sie Bessy oder der Gewißheit über die Erfüllung seines Auftrages durch jenen Unbekannten.

Da, mitten in dieser Stimmung, die ihn so weit führte, daß ihm Bessy selbst, trotz des Blutes, das an seinen Händen klebte, nicht unerreichbar schien, erhielt er von seinem Reeder den Auftrag, eine Warensendung nach Philadelphia, an deren Ausladung sehr viel gelegen war, zu begleiten. Er erschrak vor der plötzlichen Entscheidung, er hätte sich vielleicht noch jahrelang entschlußlos herumgedrückt, nun aber stand sein Entschluß fest, die Gelegenheit nicht unbenutzt zu lassen. Das dritte Jahr seit seiner Flucht war bereits zur Hälfte verstrichen, als er die Reise antrat. Während derselben hatte er Muße, den Plan zu schmieden, nach welchem er vorgehen wollte.

Der Spiegel sagte ihm, daß es schwer sein werde, in Henry Müller den Henry Smidt wieder zu erkennen, die Stunden auf dem Mars der ›Columbia‹ hatten ihn allein um zehn Jahre älter gemacht; doch war Vorsicht nötig.

Unzweifelhaft hatte Bessy alles getan, mit dem wiedergewonnenen Gelde Crosby Ranch zurückzukaufen, also dort mußte er sie suchen.

War sie noch allein, unverheiratet, so war er fest entschlossen, ihr selbst gegenüberzutreten, ihr alles zu erzählen, wie es gekommen; sie mußte ihm Glauben schenken, ihn nicht für einen gemeinen Mörder halten, – sie liebte ihn ja doch einmal, das ließ er sich nicht nehmen, er selbst war schuld an allem Unglück mit seinem wilden Drauflosgehen, er hätte abwarten sollen. War sie aber verheiratet, dann war die Sache gefährlicher. Ihr Gatte hatte keine Rücksicht auf ihn zu nehmen, wenn er nicht gerade der Mann war, dem er sie unbegreiflicherweise am wenigsten gönnte, jener Unbekannte, sein Bote.

Der mußte ihn ja empfangen als seinen Wohltäter, als den Begründer seines Glückes; doch das war sehr unwahrscheinlich, eine Erfindung seiner Phantasie. Hatte sie das Geld aber nicht erhalten, sei es, daß dieser Mann überhaupt nicht mit dem Leben davongekommen, oder – woran er noch immer nicht glauben wollte – mit dem Gelde spurlos verschwunden war, dann war sie auch nicht auf Crosby Ranch, das würde ihr Stolz nimmer zugeben, dann war sie Gott weiß wo, in Not und Elend, eine Dienerin, die stolze Bessy! Dann galt es, um jeden Preis ihre Spur zu finden und, wenn sie gefunden war, für sie zu arbeiten sein ganzes Leben lang. – Es war nichts Festes zu bestimmen, ehe er nicht die Verhältnisse kannte.

Sein Schiff hatte drei Wochen Aufenthalt in Philadelphia. Nach der ersten Woche war seine Anwesenheit dort nicht mehr nötig; er nahm Urlaub, angeblich um Verwandte in New-York zu besuchen, und fuhr mit dem nächsten Zuge nach Davenport-Missouri, zwei Bahnstationen von Pèoria. Diese Stadt schien ihm der günstigste und sicherste Punkt, von dem aus er seine Forschungen anstellen konnte.

V.

Auf Crosby Ranch hatten in diesem Jahre einschneidende Veränderungen stattgefunden.

Seit der Geburt des Töchterchens war Bernhard wie umgewandelt, jetzt führte er das Regiment und mit einer Umsicht, die allgemeines Staunen erregte. Bis jetzt hatte er seinen Besitz noch gar nicht gekannt; er griff alte Gerüchte von ergiebigen Petroleumquellen auf seinem Grund und Boden, die in der Gegend kursierten, wieder auf, ließ Fachmänner zur Unterstützung kommen, bohrte unverdrossen, trotz erheblicher Kosten und anfänglich schlechter Aussichten, – bis eines Tages eine Quelle floß, welche täglich fünfzig Faß lieferte, und wenige Wochen darauf eine zweite gleich ergiebige. Er packte die Sache gründlich an, errichtete eine Raffinerie an der nächsten Bahnstation und verband sie durch ein Röhrennetz mit den Quellen. Der Gewinn war binnen kurzem ein ungeheurer, Crosby Ranch stieg um das Drei- bis Vierfache im Wert. Das hob ihn, jetzt arbeitete er mit selbstverdientem Geld. Brennereien wurden gebaut, Dampfmühlen; an der erstaunten Bessy war es jetzt, den übermäßigen Tateneifer einzudämmen, welcher ihren Gatten aufzureiben drohte.

Keine Spur mehr von dem geheimnisvollen Brüten, von dem unmännlichen Wesen war an ihm zu entdecken; es war eben nichts als eine momentane Gemütskrankheit gewesen, die nun glücklich überstanden war. Bessy schämte sich der sonderbaren Gedanken, die ihr damals im Wochenbett aufgestiegen waren, und doch kehrten sie trotz allen Sträubens immer wieder.

Bernhard lachte jetzt seiner blöden Gewissensbisse, seiner früheren Untätigkeit. Das Glück hob ihn empor, erfüllte ihn mit Selbstvertrauen, Mannesstolz. Sein Haus blühte, das Kind blühte, Bessy war glücklich. Im zweiten Jahre kam ein Sohn, ein Erbe; das Vermögen war verzehnfacht, und da sollte er sich noch ein Gewissen machen wegen diesem Scherz von 50 000 Dollar? Einen Scherz nannte er's jetzt.

Henry Smidt war tot ohne Zweifel, für ihn, den lebenstrotzenden, tatendurstigen Mann. Er pries jetzt seine Zurückhaltung in jener Stunde, da er nahe daran gewesen, sein und seiner Familie Glück auf's Spiel zu setzen, einer Marotte zuliebe. Seine Befürchtung, in Bessy hätten seine damaligen unvorsichtigen Aeußerungen einen leisen Verdacht zurückgelassen, war auch unbegründet, sie hing mit innigerer Liebe an ihm wie je; ja, wenn sie je solchen Verdacht gehegt, so hatte es jetzt den Anschein, als fühle sie die Verpflichtung, an ihrem Gatten etwas gut zu machen.

Die Sonne des Glücks schien aus Crosby Ranch, und, wie es immer geschieht, die ganze Umgegend suchte sich an ihren Strahlen zu wärmen. Das Haus Bernhards war der Sammelpunkt der ganzen Nachbarschaft und jedem gastlich geöffnet. Auch die politischen und gesellschaftlichen Ehren blieben unter diesen Umständen nicht aus, er wurde zum Countydeputierten gewählt, bei allen Festlichkeiten und Veranstaltungen der Landschaft, selbst Pèorias, in das Komitee oder gar zum Präsidenten gewählt. Bernhard Weltz war ein klangvoller Name in den industriellen Kreisen des Staates, der einen großen Aufschwung versprach.

Unter diesen Umständen konnte es Henry Smidt, oder vielmehr Müller, wie er sich jetzt nannte, nicht schwer fallen, in Davenport Näheres über Crosby Ranch zu erfahren. Obwohl man dort mehr von Petrolia sprach, wie der kleine Ort jetzt genannt wurde, welcher sich bei der Raffinerie bildete, so kannten doch viele Leute den Zusammenhang beider Namen.

Der glückliche Besitzer hieß Bernhard Weltz, war ein Deutscher, vor einigen Jahren erst in die Gegend gekommen, verheiratet, – zwei Kinder, – ein tüchtiger, ehrenwerter Mann.

So weit stimmten alle eingezogenen Erkundigungen des ersten Tages, nur in einem Punkte gingen sie erheblich auseinander, nämlich welcher Teil der beiden Eheleute der eigentlich Besitzende war oder noch sei. Die einen behaupteten, Weltz sei als reicher Mann, der sein Geld in den Goldgruben Kaliforniens gewonnen, in die Gegend gekommen, habe Crosby Ranch von einem gewissen, erst vor einem Jahre verstorbenen Taylor, dessen Sohn hier in der Stadt herumlungere und den Rest seines Vermögens vertrinke, gekauft und ein armes Mädchen vom Lande geheiratet. Die andern behaupteten, bestimmt zu wissen, daß aller Besitz der Frau und den Kindern gehöre, dem Mann aber gar nichts. Was aber für Henry das Schlimmste und Auffallendste war, beide Parteien kannten den Familiennamen der Frau Weltz nicht, der ihn doch am meisten interessierte; es war ihm unwahrscheinlich, daß es Bessy Crosby sei, deren Schicksal doch auch hier bekannt sein mußte. Uebrigens reagierte man hier nicht im geringsten auf seine vorsichtigen Anspielungen betreffs des gewaltsamen Todes des alten Crosby, man schien gar nichts davon zu wissen. Ebenso gut konnte man aber auch von Bessy hier nichts wissen, obwohl sie die vielbeneidete Frau Weltz war. In diesem Lande wechselten ja die Ereignisse so rasch, wie ihre Augenzeugen. Diese Erfahrung gab Henry seine volle Zuversicht wieder; wo die Tat vergessen, war es auch der Täter.

Ein Mann nur war hier, der unbedingt Bescheid wußte, eben dieser Taylor, von dessen verstorbenem Vater der jetzige Besitzer Crosby Ranch gekauft hatte; aber dieser Mensch hatte ihn öfters in Pèoria gesehen, als er noch in Crosbys Dienst stand; er würde möglicher Weise in ihm Henry Smidt, den Mörder, erkennen.

Jener war zwar ein Säufer, solche Leute haben kein Gedächtnis, und er, Smidt, hatte sich sehr verändert; gerade die Unwahrscheinlichkeit seines Hierseins kam ihm zu gute.

Er erkundigte sich nach dem Lokal, in welchem der Trunkenbold gewöhnlich verkehrte, mehr in der Absicht, dasselbe sorgsam zu meiden, als es aufzusuchen. Eine obskure Kneipe wurde ihm genannt.

Er beschloß bereits selbst nach Petrolia zu fahren, dort würde er leicht das Nähere erfahren, und es war ja eine neue Niederlassung, eine ihm fremde Bevölkerung. Den Abend, bevor er sein Vorhaben ausführen wollte, schlenderte er, von einer inneren Unruhe getrieben, in den Straßen umher. Dieser Bernhard Weltz beschäftigte ihn, und unwillkürlich nahm er immer die Gestalt des Maschinisten von der ›Columbia‹ an. Ohne daß er es wollte, stand er plötzlich vor der Stammkneipe Taylors. Laute Stimmen drangen heraus, der Ton eines Banjo.

Rasch entschlossen trat er ein. Auf den ersten Blick erkannte er Patrik Taylor unter der Schar trunkener Männer an der Bar, er ragte über alle hinaus mit seinen breiten Schultern und war auch der trunkenste von allen. Sein Aeußeres verriet die größte Verkommenheit, sein Blick war so gläsern, so trübe, daß Henry ihn nicht fürchten zu müssen glaubte; er setzte sich abwartend an einen Tisch.

Das Gespräch der Männer drehte sich um nichts, rohe Scherze, blödes Lachen. Patrik schimpfte auf irgend jemand, mit dem er unlängst Streit gehabt. Plötzlich blickte er gerade zu Henry hinüber mit dem stieren Blick eines Trunkenen, der absichtslos etwas Beobachtendes, Erstauntes hat. Henry kannte das, und doch stieg ihm das Blut zu Herzen. Der Augenblick war eine Ewigkeit.

Taylor kehrte sich gleichgültig wieder ab. Er hatte ihn nicht erkannt.

Diesem Trunkenbold hatte der alte Crosby sein Kind Bessy zur Gattin bestimmt, als er eines reichen Mannes Sohn war; ihm, Henry Smidt, dem damals noch ehrlichen Arbeiter, hatte er sie verweigert, ihn verhöhnt und einen Unverschämten genannt. Der Haß, der ihn damals die Hand zum Schlage erheben ließ, erfaßte ihn wieder, er fühlte jetzt gar keine Reue über seine Tat, er war kein Mörder, er war ehrlich in seinen Augen wie vordem.

Der Gedanke ließ ihn alle Scheu vergessen.

Er trat an die Bar mitten unter die Männer, begehrte einen Drink und mischte sich ins Gespräch. Taylor verzog keine Miene, er beobachtete ihn genau, nicht die leiseste Erinnerung dämmerte auf in diesem geschwächten, dampfenden Gehirn.

Geschickt lenkte Smidt das Gespräch auf Petrolia, die neue Niederlassung; er habe morgen dort ein Geschäft.

»Muß ein tüchtiger Mann sein, dieser Mister Weltz?«

»Tüchtig? Ein unverschämtes Glück hat er,« brannte Patrik los. »Es ist zu dumm! Kommt daher, abgerissen wie ein Tramp, mit einem Haufen Geld in der Tasche, weiß der Teufel, wo er's her hatte; sauber ist die Geschichte nicht, wenn man den Kerl so gesehen hat –«

»Sie haben ihn gesehen? – So abgerissen? – Wo denn?« fragte Henry, der seinen Mann gefunden hatte.

»Na, wo werd' ich denn? In Pèoria bei William. Er kam gerade von Osten, wie ein Tramp, wie ein Schuft –«

Das Gesicht Taylors wurde rot vor Wut, er gedachte seiner Schläge von damals.

»Warum kam er denn wie ein Tramp mit einem Haufen Geld in der Tasche?« fragte Henry weiter, völligen Gleichmut heuchelnd.

»Das ist's ja, darum sage ich, daß die Geschichte nicht sauber ist. Er schwätzte später den Leuten was vor von einem Schiffbruch oder so etwas! – Faule Fische, wir kennen das.«

»Von einem Schiffbruch? Wann war denn das?«

Henry gab sich alle Mühe, an diesem Zufall nicht hängen zu bleiben, sich sein Urteil dadurch nicht verwirren zu lassen.

»Wann? Ja wann?«

Patrik besann sich vergebens.

»Vor etwa vier Jahren, so was muß es gewesen sein, daß er sich ankaufte,« meinte einer aus der Gesellschaft.

Patrik achtete nicht darauf, er lachte, den Kopf schüttelnd, in boshaftem Aerger.

»Es ist zu dumm – zu dumm, wie der Kerl zu Crosby Ranch kam. Keine Ahnung hatte er davon, keinen Dunst, von gar nichts, den hellsten Unsinn schwätzte er daher. Na, das muß ich erzählen. Es war an demselben Abend bei William, er hatte kaum hereingeschmeckt, da rede ich – Crosby Ranch gehörte damals uns, gehörte noch uns, wenn mein Vater kein – na, ich spucke darauf –«

Er goß einen Whisky in seine Kehle.

»Da red' ich so zufällig von Bessy Crosby, der Tochter des Crosby, von dem die Ranch den Namen hat; der Alte wurde von seinem Knecht erschossen und ausgeraubt, von der Geschichte habt Ihr ja schon gehört.«

»Der ganze Kaufpreis der Ranch ging flöten, den dein Vater in Pèoria dem Crosby ausbezahlt hat. Ist's nicht so?« bemerkte ein anderer. »Hat man den Knecht erwischt?«

»Ah was! Wen erwischt man denn bei uns? Aber laß mich doch auserzählen; es ist ja zu dumm! Tüchtig heißt's dann, ein tüchtiger Mann! – Also, ich red' von der Bessy Crosby, die mein Vater aus Barmherzigkeit als Wirtschafterin angenommen nach der Geschichte. Ein Teufelsweib, frech und unverschämt. – Der Alte war ganz vernarrt in sie – na, ich hab' sie nicht mögen, und so ließ ich halt meinen Schleim aus über sie, – was sagt' ich denn nur gleich? – Na, Ihr kennt mich ja, was werd' ich denn gesagt haben –«

Lachend nannte man eine Reihe roher Ausdrücke, die man aus seinem Munde gewohnt war.

»Racker, Patrik. Ich wette, du sagtest Racker!« rief einer.

»Der hat's!« polterte Patrik heraus.

»Racker, ja, Racker nannte ich sie. – Also gut, da fällt dem Burschen, dem Weltz ein, sich als Gentleman aufzuspielen und das Mädchen zu verteidigen, ohne daß er sie kannte. Na, da könnt ihr euch denken, was es absetzte! Eine Prügelei, sage ich Euch, eine Prügelei, wie ich keine feinere mehr gesehen; natürlich verbläute ich ihn ordentlich, hatte aber das Pech, über einen Stuhl zu stolpern, der an der offenen Türe stand, so daß ich geradenwegs auf die Straße hinausfiel.«

Alles lachte über die Renommmage, die Wahrheit ahnend.

»Und wem falle ich vor die Füße?« fuhr Taylor fort, »der Bessy Crosby, welche gerade angeritten kommt. Ich drückte mich, der Bursche hatte sein Teil. Das Dämchen glaubt natürlich, ich sei der Besiegte, freut sich im voraus darüber, wird ganz toll, wie sie von Williams hört, daß der andere ihretwegen die Schläge eingesteckt, lockt ihn den nächsten Tag nach Crosby Ranch, und der Mensch kauft die Farm, ohne sie anzusehen, aufs Geratewohl, weil er sieht, daß dem Mädel viel daran liegt, daß sie ein Auge auf ihn geworfen, – das ist der tüchtige, gescheite Herr Weltz!« wandte er sich an Henry.

Dieser beugte sich auffallend weit über die Bar, so daß man von seinem Gesicht nichts sah. Plötzlich erhob er sich jedoch, er war so bleich, daß es allen Umstehenden auffiel. Er sah Patrik scharf an, auch dieser faßte ihn für seinen Zustand auffallend ins Auge.

»Und was ist aus dem Mädchen geworden?« fragte Henry, den Blick Patriks ruhig aushaltend, welcher allmählich wieder stumpf wurde wie zuvor.

»Seine Frau,« war die kurze Antwort.

Es trat eine kleine Pause ein. Henrys Hand zitterte heftig, als er das Glas zum Munde führte. Die Umstehenden schien die Sache auch zu interessieren.

»Und Mister Weltz heiratete also dieses Mädchen, arm, ohne einen Cent Vermögen? Oder erbte sie noch etwas?« fragte er weiter.

»Ohne einen Cent, dafür stehe ich ein. Es müßte denn der, der den Alten umgebracht und das Geld gestohlen – wie heißt er denn nur – Henry, Henry – fällt mir nicht mehr ein – den Raub wieder zurückschicken, wie sich die Närrin eine Zeitlang eingebildet hat. – Wird so dumm sein!«

»Hat sie sich das wirklich eingebildet?«

Henrys Gesicht färbte sich plötzlich rot.

»Fest eingebildet,« bestätigte Patrik.

»Na, möglich wär's ja, alles kommt vor, – aber Grund muß sie doch gehabt haben, so Gutes von dem Menschen zu erwarten?«

»Hat sie auch, hat sie auch! Er war närrisch in sie verliebt, der – wie heißt er doch – nun der Henry halt,« erwiderte Patrik, »und das vergißt ja ein Weib nicht.«

»Sie kannten ihn wohl, den Mörder?«

Henry wandte sich bei diesen Worten vollständig gegen Patrik, so daß dieser ihm voll in das Gesicht sah.

Wieder war es, als ob Patrik plötzlich nüchtern würde, sein Auge gewann wenigstens einen bestimmten, nachdenkenden Ausdruck.

»Ja, ich kannte ihn, das heißt nicht persönlich, so vom Sehen, ein Milchgesicht, in Ihrer Größe; man hätt's ihm gar nicht zugetraut.«

Henry brach das Gespräch ab, eine Runde bestellend, er brauchte keine Angst mehr zu haben, von Patrik wurde er nicht erkannt.

So viel war gewiß, das Geld hatte Bessy nicht erhalten, sein Testament war nicht vollstreckt. Es gab also nur zwei Möglichkeiten: Der Unbekannte lag mit samt dem anvertrauten Gelde auf dem Meeresgrunde, er hatte seiner Kraft zu viel zugetraut oder – er war ein Schurke, eben dieser Bernhard Weltz, er hatte von dem Gelde Crosby Ranch gekauft und dann der armen Bessy die Wohltat erwiesen, sie zu heiraten. –

Mitten unter dem Gläsergeklirr, dem wüsten Lachen und Schreien um ihn herum, dem drückenden Dunst der Kneipe stieg die Wahrheit sonnenklar vor ihm auf. Sie liebte diesen Mann vielleicht gar nicht, aber er bot ihr, der Magd Taylors, dieses rohen Burschen, die alte Heimat wieder, sie mußte ihn heiraten, den Schurken. – Was war dagegen Smidts Tat, im Jähzorn, im Haß begangen? – Und durch diese Tat, die sein Leben vergiftet, hatte er jenem Unbekannten, zu dem er ein so blödes Vertrauen gefaßt, Bessy, für die er gestorben wäre, Reichtum und Ehren verschafft.

Er lachte wie verzweifelt auf über diesen Hohn des Schicksals, so daß ihn alles erstaunt ansah. Er müsse noch immer lachen über die tolle Idee Bessys, daß ihr der Mörder das Geld zurückschicke, redete er sich aus.

Er stürzte ein Glas Whisky nach dem anderen hinunter, er schrie und lachte mit, die Gesellschaft behagte ihm, in seinem Innern gährten wilder Haß und Rache gegen den Mann, der das Vermächtnis eines Sterbenden veruntreut, sich damit Bessy erkauft und ihn um deren Verzeihung betrogen hatte, indem er den Fluch, den Schimpf eines Raubmörders auf ihm ruhen ließ. Ein himmelschreiendes Verbrechen, tausendmal gemeiner als jeder Mord, jeder Raub, und dieser Mann war der reiche, glückliche, von jedermann geachtete Weltz, und er, Henry Smidt, war ein flüchtiger, ehrloser Mörder.

Der Whisky schürte die Glut, er war nahe daran, alles zu bekennen, denn selbst diesen Leuten, meinte er, müßte seine Schuld verschwindend erscheinen gegen die jenes anderen. Die ganze Welt würde sich empören darüber, die Sache gehörte vor Richter Lynch. An der Spitze dieser Leute nach Crosby Ranch ziehen, jenen herauszerren aus dem Hause, ihm öffentlich seine Schandtat vorhalten und ihn dann aufknüpfen an dem nächsten Baume, das hätte sein Rachebedürfnis befriedigt; gern wollte er dann selbst daneben hängen.

Es flammte vor seinen Augen, blutige Flecken tanzten in der dicken Luft. – –

Er erwachte am andern Morgen auf einer Bank in dem leeren Lokal. Umgestürzte Flaschen, Gläser standen vor ihm auf dem Tische, eine Gasflamme brannte noch, sich mühsam durchkämpfend durch den übernächtigen Qualm. Sein Kopf schmerzte, die Glieder waren wie zerschlagen, er schämte sich seines Zustandes.

Der Wirt, der hinter der Bar beschäftigt war, lachte.

»Na, das war eine lange Sitzung, die Gentlemen lassen sich Ihnen empfehlen,« sagte er, »und sich bedanken.«

Henry verstand ihn, er war jetzt wieder völlig nüchtern, er bezahlte dem grinsenden Wirt die stattliche Reihe Whiskys und Cocktails, ging auf die Bahn und nahm ein Billet für die Stadt Illinois.

Bei nüchterner Betrachtung stiegen in ihm doch wieder starke Bedenken auf betreffs der Identität seines Unbekannten und des jetzigen Besitzers von Crosby Ranch. Die Annahme war eigentlich doch eine sehr abenteuerliche, willkürliche. In der ganzen Erzählung Patriks, dessen Glaubwürdigkeit außerdem eine sehr fragliche war, schienen eigentlich nur zwei Momente verdächtig, der Schiffbruch, von welchem dieser Weltz erzählt haben sollte, und die Uebereinstimmung der Zeit. Das konnte aber doch Zufall sein, der Verdacht lag mehr in seinem instinktiven Gefühl, er hatte sich schon früher in England hie und da die Sache so zusammengereimt.

Es handelte sich jetzt um zielbewußtes Handeln in jedem möglichen Fall.

War dieser Weltz nicht der Unbekannte, und das war vernünftigerweise vor der Hand anzunehmen, dann handelte es sich für ihn, Smidt, nur darum, sich vor Bessy betreffs der fünfzigtausend Dollar zu rechtfertigen, und er war entschlossen, es zu tun auf Gefahr seiner Festnahme. War jener aber wirklich sein Mann, was dann? Ihn töten! – Verdient hätte er es. Bessy zur Witwe machen? Er hatte zwei Kinder, – wieder Blut! Nein, das wollte er nicht. – Vor ihn hintreten, Rechenschaft fordern von ihm! Das war gefährlich, ein Schurke wie der war zu allem fähig, er wird ihn zu beseitigen wissen oder ihn ausliefern. Man wird kurzen Prozeß machen, seinen Worten nicht glauben, jener ist ja mächtig durch seinen Reichtum, der hierzulande alles vermag. Wenn er auch das nicht tut, so wird er doch Zeit gewinnen, seiner Frau gegenüber den Reumütigen, Ehrlichen zu spielen, der aus freien Stücken, nur von seinem Gewissen getrieben, ihr das verspätete Geständnis seiner Schuld macht, und sie wird ihm alles vergeben, ihn lieben wie zuvor und seine Schlechtigkeit nicht erkennen. Er wird ihn nur gewaltsam heilen von seinen Gewissenswunden, an denen er jetzt noch leiden muß, und das wäre eine schlechte Rache.

Von ihm, Henry Smidt selbst, muß Bessy alles erfahren, das ganze falsche Spiel, das mit ihr getrieben wurde, überraschen muß er sie, wie ein Gespenst vor sie hintreten und ihren Gatten des furchtbaren Frevels anklagen. – Dann wirkt die Rache, dann muß sie jenen hassen, verachten. Smidt, der Verachtete, Geschändete, muß schuldlos erscheinen gegen jenen abgefeimten Schurken,– und dieser Augenblick soll ihn entschädigen für jahrelange Qual.

Es ging gegen Abend, als er auf der Station Petrolia ankam, in dem regen Treiben der kleinen Arbeiterkolonie blieb er völlig unbeachtet; er wagte es sogar, nach dem Herrn des Werkes zu fragen.

Neue Bohrversuche würden gemacht, ganz in der Nähe, man verspreche sich großen Erfolg davon, Mister Weltz werde die Nacht im Camp der Arbeiter zubringen, lautete die Auskunft.

Die Erwartung ließ ihn alle Vorsicht vergessen, er ersuchte den Arbeiter, ihn an den Ort zu begleiten, er habe notwendig mit dem Herrn heute noch zu sprechen.

Es war eine Viertelstunde zu gehen. Auf einer bewaldeten Anhöhe brannte ein mächtiges Feuer, dunkle Gestalten bewegten sich darum, dort war der Bohrplatz.

Henry entließ den Führer, er fand jetzt schon selbst den Weg. – Die kurzen Stöße einer Dampfmaschine drangen stoßweise zu ihm. –

Er lief querfeldein gerade auf das Feuer zu, ein wilder Drang erfaßte ihn, die Wahrheit zu erfahren. Der dichte Wald ringsumher gestattete eine unbemerkte Annäherung. Von Stamm zu

Stamm, durch dichtes Gestrüpp schlich er sich heran. Schon unterschied er einzelne Gestalten, Gesichter, die Maschine stieß glühend roten Dampf aus, eine riesige Bohrstange, von einem Gerüste umgeben, bewegte sich auf und ab. Ein großer Mann erteilte Befehle, das mußte der Herr sein, Smidt verlor ihn nicht aus den Augen, – noch einige Schritte bis hinter den Stamm einer mächtigen Buche, so konnte er alles genau beobachten; alles war mit der Arbeit beschäftigt, Entdeckung war nicht zu fürchten. Der Mann kehrte ihm den Rücken. Die Gestalt stimmte, das Bild des Unbekannten, wie er es mit brechendem Auge damals geschaut, trat klar vor ihn, als sei es gestern gewesen. Er hörte auch seine milden, tröstenden Worte, sie klangen ihm ins Ohr. ›Sprechen Sie, wenn Sie noch etwas auf dem Herzen haben, es wird Sie erleichtern.‹ Und er darauf: ›Wenn Sie es nicht tun, sind Sie der Mitmörder!‹

Der Mann hatte ihm so festes Vertrauen eingeflößt. – Nein, es war undenkbar, es gab keine so schlechten Menschen.

Jetzt wandte jener sich halb um, – der Atem stockte Smidt; der Mann trug keinen Vollbart, doch den kann man ja abnehmen lassen, – nur keinen Irrtum, das wäre entsetzlich. Plötzlich wandte sich der Mann ihm ganz zu. Er atmete erleichtert auf, es war nicht der Unbekannte und doch Mister Weltz, dem ganzen Benehmen nach. Jener arme Teufel lag am tiefsten Meeresgrund, und er lauerte da auf ihn, wie auf ein Stück Wild. Schon wollte er sich beschämt zurückziehen, da knackten die Aeste ihm dicht zur Seite. Er drückte sich an den Stamm, eine Todesangst kam über ihn. Ein Reiter näherte sich dem Feuer, der Mann, welchen er für Mister Weltz gehalten, zog schon von weitem den Hut.

Henry bohrte sein Auge in das Waldesdunkel, welches den Reiter noch deckte, – jetzt trat das Pferd in den Lichtschein, – er unterdrückte mühsam einen Schrei, – der Unbekannte, der Todesgenosse von der ›Columbia‹, er war's, kein Zweifel, der Herr von Petrolia, der Gatte Bessys, Bernhard Weltz!

»Alles geht gut, Sir, kein Zweifel, wir sind am rechten Platz,« begrüßte ihn der andere, wohl der Ingenieur, welcher die Bohrung leitete. »Bis morgen Abend sind wir so weit, ich gratuliere im voraus, Mister Weltz. Sie können beruhigt nach Hause reiten.«

Weltz drückte ihm herzlich die Hand und gab seiner Freude über das rasche Gelingen beredten Ausdruck; übrigens werde er trotzdem die Nacht über hier bleiben, er wolle sich die Freude nicht nehmen lassen, als erster die Quelle fließen zu sehen, auf die er so große Hoffnung setze.

Henry hatte die Hand an seinem Revolver. Das kürzeste wär's eigentlich, dachte er, solchem Schuft ist das Leben doch das Teuerste, – und dann fassen sie mich und Bessy erfährt nie, was sie erfahren muß. Noch einen Blick voll Haß warf er auf seinen Feind, dann schlich er vorsichtig wieder zurück in das Dickicht. Er bleibt bei der Maschine, Bessy ist allein, besser treffe ich's nie mehr. Wühle nur nach kostbarem Oel, unterdes unterwühl' ich dein Haus, dein Glück, das du mir gestohlen!

Der Weg von hier nach Crosby Ranch war ihm wohlbekannt, er fand ihn auch im Dunkeln. In zwei Stunden konnte er die Farm erreichen, jetzt war es acht Uhr, – wenn es nur nicht zu spät wurde und Bessy schon zur Ruhe gegangen war. – Er wird sich als Boten ihres Gatten ausgeben, um Einlaß zu bekommen, er wird ihn erzwingen, wenn es sein muß. Er hatte jetzt nur noch den einen Gedanken, davor schwand jede Furcht vor Entdeckung.

Er eilte mitten durch die Felder, durch feuchte Wiesen, über steile Abhänge hinab, instinktiv fand er den Weg. Sie wird sich entsetzen vor seinem Anblick, um Hilfe rufen, ihn gar nicht zu Worte kommen lassen. – Nein, das wird sie nicht tun. Wie sagte doch Patrik, sie glaubt nicht daran, daß er ein Dieb sei, ob auch alle Welt sie darum verlachte? Wem man so vertraut, den kann man nicht hassen, vor dem muß man sogar einmal Achtung empfunden haben, – mehr vielleicht! Es war kein bloßer Scherz, den sie damals mit ihm getrieben, – er war nur zu ungestüm gewesen, er hatte ihr keine Zeit gelassen. Es hätte alles anders kommen können.

Wie Blitze zuckten die Gedanken in ihm auf und nieder, während er durch die Nacht dahineilte.

Dann überkam es ihn plötzlich, als müsse er ihr Glück schonen, als dürfe er ihr, nachdem er ihr den Vater geraubt, nicht noch den Gatten rauben, den Vater ihrer Kinder. – Wie ein vernichtender Blitz brach er in ihr Haus. Was, Gatte? Einen Schurken stellte er bloß, wie es diesem gebührte, und es war sein Recht, sein heiliges Recht. Abgehetzt, beschmutzt, atemlos trat er in den Hof von Crosby Ranch. Im ersten Stock brannte ein Licht, die Herrin war noch auf.

Es war ihm, als täte er einen Sprung ins Wasser, als er an der Glocke zog. Zur Vorsicht nahm er ein Stück Papier in die Hand. Ein Weib öffnete vorsichtig, – Loo, die war noch nicht auf dem Hof zu seiner Zeit. Im Hausflur schlug ein Hund an, Henry kannte seine Stimme, es war der alte Swift, einst sein bester Freund.

»Ich soll eine Botschaft ausrichten von Mister Weltz,« brachte er atemlos hervor, »es ist eilig.«

Loo hatte offenbar Mißtrauen, sie leuchtete ihm ins Gesicht, das war bleich, verstört, gar nicht Vertrauen erweckend.

»Geben Sie, ich werde es besorgen,« sagte sie, nach dem Papier in seiner Hand langend.

»Muß es selbst bestellen, ausdrücklicher Befehl, halten Sie mich nicht auf.«

Sie zögerte, der Hund drängte bellend hinter ihr zur halbgeöffneten Türe, plötzlich hörte er auf zu bellen und begann zu winseln, wie er tat, wenn sein Herr kam.

»Lassen Sie den Swift nur heraus, Missis, wir sind ja alte Bekannte,« sagte Henry, die günstige Gelegenheit benutzend.

Loo gewann Vertrauen und öffnete ganz.

Swift sprang winselnd, vor Freude heulend dem fremden Mann an die Schultern.

»Na, jetzt darf ich doch?« sagte dieser, sich zu einem lustigen Tone zwingend, indem er mit Mühe das zärtliche Tier abwehrte, das seinen früheren Pfleger sofort erkannt hatte.

Loo entschuldigte jetzt ihre Aengstlichkeit und ließ ihn unbeanstandet hinein. Swift war zuverlässig; wen er so bewillkommte, der konnte nichts böses beabsichtigen.

Henry kannte das Haus, er wankte die Treppe hinauf. Er hatte alles vergessen, was er sagen wollte, und doch hatte er jahrelang an diesen Augenblick gedacht. Ja, warum schrieb er nicht an sie und gab jetzt einfach den Brief ab? Erreichte er nicht dasselbe damit? Trieb ihn nicht noch etwas anderes hierher als die Rache? Eine Hoffnung? – vielleicht sprach er gar nichts und stürzte ihr zu Füßen und bat um nichts, als um Verzeihung für seine Bluttat. Sehen mußte er sie, was daraus werden sollte, wußte er selbst nicht mehr. Er klopfte an die Türe, aus der ein Lichtstrahl sich Bahn brach. Ein Fenster wurde geschlossen – sie sah wohl nach dem Hund, – ein helles, erstauntes ›Herein!‹ ertönte.

Henry atmete tief auf, zog den Hut, fuhr sich mit der Hand übers Gesicht, wie um seinen Zügen Ruhe zu geben, dann öffnete er die Türe.

Bessy stand noch am Fenster und blickte ihn groß an. Am Tisch saß ein kleines Kind, Kitty, mit einem Spielzeug. Das verwirrte ihn, er brachte kein Wort heraus und reichte ihr, sie starr anblickend, halb bewußtlos, das leere Blatt hin, das er in der Hand hielt.

Sie ergriff es, sah, daß es unbeschrieben war. »Was wollen Sie damit?« sagte sie in energischem, drohenden Tone und trat vor ihr Kind.

Das gab ihm die Besinnung wieder.

»Kennen Sie mich nicht mehr?« fragte er, langsam in den Schein der Lampe vortretend. Bessy strich sich über die Stirne, sie beugte sich mit forschendem Blick weit vor. Da zuckte es in ihrem Antlitz auf, ein gellender Schrei, wie abwehrend streckte sie die Hände gegen ihn aus.

»Henry Smidt!«

Dann faßte sie ihr Kind und floh damit an das Fenster.

Henry lachte bitter; er hatte jetzt die Gewißheit, daß Weltz nie von seinem Vermächtnis auf der ›Kolumbia‹ mit ihr gesprochen.

»Ah so, Sie fürchten sich, Missis, vor dem Mörder, dem Raubmörder; Sie meinen, ich könnte noch ein Gelüste haben. Nein, fürchten Sie sich nicht, aber entfernen Sie das Kind und jedermann, ich habe mit Ihnen zu sprechen.«

In seinen Worten lag etwas, das Bessy die Furcht benahm, wenn sie auch vor der unheilverkündenden Erscheinung dieses Mannes zitterte. Sie führte das weinende Kind in das Nebenzimmer; in diesem Augenblick fragte sie sich, was will er hier? – und die längst verscheuchten Gedanken tauchten wieder in ihr auf – Henry Smidt ist der Unbekannte, mit dem Bernhard Schiffbruch gelitten – dann wie Wetterleuchten, die Wahrheit! Zu weiterem hatte sie keine Zeit, sie stand schon wieder vor Henry.

»Nachdem ich Sie erkannt, ist es mir um so unbegreiflicher, was Sie mit mir zu reden haben; Sie wissen natürlich, daß ich allein zu Hause bin, – ein trauriger Mut!« sagte sie.

Keine Spur einer milden, zum Vergeben geneigten Gesinnung sprach aus diesen Worten, nur starrer Stolz, Verachtung. Alle Bedenken, die Henry noch eben gehabt, ob er den glücklichen Frieden, der sie hier umgab, stören dürfe, schwanden bei diesen Worten dahin.

»Ich sagte Ihnen schon,« entgegnete er, »Sie haben nichts zu fürchten, Missis, ich bin kein Raubmörder.«

Bessy zuckte zusammen. Er log nicht, das war ihr klar, doch wo wollte er hinaus? – ›Vorsicht!‹ sagte sie sich selbst und schwieg.

Es entstand eine qualvolle Pause.

»Glaubten Sie nach dieser unglückseligen Tat, daß ich Ihren Vater um des Geldes willen niederschoß? Antworten Sie.«

Es war ihr plötzlich, als habe er ein Recht zu dieser Frage.

»Nein,« antwortete sie, jedes Wort fürchtend, das über ihre bebenden Lippen kam, »damals nicht.«

»Damals nicht! Aber als das bewußte Geld ausblieb, das Sie zurückerwarteten, da glaubten Sie es doch, nicht wahr? Sie dachten nicht, daß ein natürlicher, zwingender Grund vorliegen könnte, daß mich der Tod überrascht, daß am Ende ein anderer das Geld, das ich ihm für Sie übergeben, gestohlen haben könne –«

Sein Auge loderte ihr entgegen, sie mußte sich auf die Lehne des Stuhles stützen.

»O ja, auch daran dachte ich,« sagte sie, sich mit plötzlicher Energie emporrichtend.

Henry stutzte, am Ende irrte er sich doch und tat ihrem Gatten Unrecht. Spielte dieses Weib nur mit ihm?

»Es hat dieses Geld aber wirklich ein anderer gestohlen. Wie ich richtig gedacht!« brach er plötzlich los. »Ein Schurke, dem ich es sterbend auf den Trümmern der gescheiterten ›Columbia‹, auf welcher wir zusammen nach England fuhren, übergeben habe, als dem einzigen Menschen, der mir noch übrig blieb, für Sie übergeben mit einem offenen Bekenntnis meiner Schuld, mit der Bitte um Ihre Verzeihung für den Toten –«

Bessy bewegte sich nicht; über den Stuhl gebeugt, starrte sie, ohne einen Zug ihres Gesichtes zu verändern, auf ihn.

»Dieser beispiellose Schurke,« fuhr Henry fort, durch ihre scheinbare Ruhe in Zorn versetzt, »hat das Geld, das mit dem Blute Ihres Vaters besudelt war, unterschlagen, hat ein tausendmal scheußlicheres Verbrechen begangen, als ich, der Mörder aus Haß, aus Rache. –«

Der Schmerz um das verscherzte Glück wühlte seine Seele auf, er fühlte, wie es wieder dunkel vor seinen Augen ward, das marmorbleiche, regungslose Antlitz Bessys blickte wie aus weiter Ferne auf ihn.

Noch einmal raffte er sich auf.

»Und dieser Schurke –«

Er trat dicht vor die regungslose Frau.

»Ist mein Mann, so wollen Sie sagen, nicht wahr?« ergänzte sie, – »Mister Bernhard Weltz!«

Das Lächeln, das jetzt auf den bleichen Lippen erschien, war grauenhaft, verzerrt, aber es war ein Lächeln, und Henry starrte sprachlos darauf hin.

»Sie irren sich aber,« fuhr Bessy fort, sich gerade aufrichtend, »das heißt, Sie irren sich nicht in dem Mann, sondern nur in dem Schurken, den Sie ihn voreilig nannten. Mister Weltz ist Ihr Unglücksgefährte von der ›Columbia‹, er hat mir von den schrecklichen Stunden, die er mit Ihnen dort verlebt, ausführlich erzählt. – Wie er Sie getröstet, Ihnen Mut zugesprochen, wie

Sie immer noch auf Rettung hofften, Schiffe zu sehen, Signale zu hören glaubten, – sehen Sie, ich weiß alles genau. Er hat sich sogar die größten Gewissensbisse darüber gemacht, Sie zu früh verlassen zu haben, ohne sich von ihrem Tode überzeugt zu haben; ein förmliches Gemütsleiden entstand daraus, und diesen Mann beschuldigen Sie eines Verbrechens, das in meinen Augen, wie in denen der ganzen Welt das empörendste, niederträchtigste wäre, das man sich nur denken kann? Wollten Sie vielleicht, daß ich aus Dankbarkeit für Ihre ehrliche Tat Lärm geschlagen hätte, die Gerichte auf Sie gehetzt hätte, für die Sie spurlos verschwunden waren? Sie haben meinen Vater getötet in der Leidenschaft, wohl zum Aeußersten gereizt, ich selbst fühle mich nicht frei von aller Schuld, ich weiß alles, ich hatte nicht nur keinen Grund, sondern auch kein Recht, mich an Ihnen zu rächen, zu Ihrer Verfolgung beizutragen. – Jetzt dringen Sie wie ein Räuber bei Nacht in mein Haus mit solcher Beschuldigung. Wie kommen Sie dazu?«

Henry war auf den Sessel gesunken, er konnte seinen Blick nicht wenden von diesen unbeweglichen Zügen. Sie hatte recht, wie kam er dazu? Ja, wie kam er denn dazu? Wie konnte er wissen, daß ihr Mann ihr das Geld nicht gebracht? Weil die Leute nichts davon wußten? Hatte er ihm denn aufgetragen, es öffentlich bekannt zu geben? Lag ihm denn damals etwas daran? Nein, nur vor Bessy wollte er gerechtfertigt sein, – daß er daran nicht gedacht hatte! Der Neid, die Eifersucht war es, die ihm den schrecklichen Verdacht eingeflößt hatte. – Oder war dieses Gesicht da vor ihm nur eine Maske? Und doch wußte sie so genau, wie alles zugegangen. –

»Ihr Mann hat Ihnen also die fünfzigtausend Dollar damals gebracht?« fragte er, noch immer zweifelnd.

Bessy zögerte einen verhängnisvollen Augenblick mit der Antwort; es war ihm, als verließe sie ihre Ruhe. –

»Er hat sie mir gebracht in Ihrem Auftrage,« erwiderte sie dann klar und fest.

»Und Sie heirateten ihn aus Dankbarkeit, als Ihren Wohltäter?«

»Darauf bin ich Ihnen keine Antwort schuldig. Ich denke, Sie wissen jetzt genug; Sie werden begreifen, daß mich Ihr plötzliches Erscheinen tief ergriffen hat, und darauf Rücksicht nehmen.«

Bessy wankte und stützte sich auf den Tisch. Henry durchschaute sie in diesem Augenblick. ›Sie will den Gatten retten, die Ehre ihres Hauses, es ist doch so‹ – sprach es in seinem Innern, und der Gedanke, daß der Elende straflos ausgehen sollte, fesselte ihn an diesen Ort, an dem er nichts mehr zu suchen hatte. Sie liebte ihn, kein Zweifel; er wollte erfahren, ob sie ihn auch jetzt noch liebte, ehe er ging.

»Ich bin Ihnen nur noch eine Erklärung darüber schuldig,« begann er, »wie ich zu dem Verdachte kam, dann belästige ich Sie nicht länger. Ich fürchtete, mein Gefährte von der ›Columbia‹ habe seine Botschaft nicht ausrichten können, weil er tot, ertrunken sei. Ich kam hierher, um mich für diesen Fall bei Ihnen zu rechtfertigen, da vernehme ich, daß ein reicher Mann Sie als armes Mädchen geheiratet und Crosby Ranch gekauft habe, – Mister Weltz. Ich erkannte vor einer Stunde in diesem Mister Weltz meinen Gefährten; mußte da nicht der entsetzliche Verdacht in mir aufsteigen? Der Mann will Ihnen das Geld bringen, sieht Sie, liebt Sie, – o, ich begreife das. – Der Wunsch steigt in ihm auf, Sie zu besitzen, beherrscht ihn ganz, er vergißt den Unglücklichen, dem er sein heiliges Wort gegeben, benutzt die Lage, kauft Crosby Ranch und wirbt als Besitzer ihrer ehemaligen Heimat um ihre Hand. Konnte es nicht so sein?«

Bessy horchte sichtlich gespannt, sie lächelte spöttisch.

»Gewiß,« sagte sie dann, »Sie geben sogar der Sache eine viel entschuldbarere Wendung, als ich ihr geben würde. – Der Mann könnte schon, ehe er mich gesehen hatte, ehe er mich liebte, hierher gekommen sein mit der festen Absicht, diesen Betrug zu begehen, und ich wäre einem gemeinen, vorberechneten Plan zum Opfer gefallen; so könnte es sogar gewesen sein,« – ihr Auge funkelte gefährlich in dem blassen Gesicht, ihr Körper zuckte in heftiger Erregung, – »wenn es überhaupt gewesen wäre,« setzte sie dann lächelnd hinzu.

Henry triumphierte in seinem Innern, sie dachte schlimmer über diesen Fall, als er selbst, – sie haßte jetzt ihren Gatten, – er war gerächt. In dem Augenblick ertönten Hufschläge im Hofe, Bessy konnte ihr Entsetzen nicht verbergen.

»Mein Mann! Fliehen Sie –«

Henry bewegte sich nicht, ein spöttischer Zug erschien in seinem Antlitz.

»Fliehen? Warum?«

»Sie haben recht, bleiben Sie,« erwiderte die Frau entschlossen.

»Er muß sich ja freuen, mich zu sehen, es wird sein zartes Gewissen beruhigen, und solche Stunden ketten zusammen,« bemerkte Henry.

»Bessy noch auf?« klang die Stimme des Herrn unten im Flur.

»Der Bote von Ihnen, Mister, ist noch bei ihr,« hörte man Loo erwidern.

Die beiden horchten atemlos, sie waren beide nicht mehr imstande, ihr Interesse an jedem Worte, das unten gesprochen wurde, zu verbergen.

»Von mir ein Bote? Ich sandte keinen Boten. Woher denn? So rede doch!«

»Weiß nicht, Herr, kenn' ihn nicht, aber Swift kennt ihn. Ein Mann mit einem Brief, – an Missis, sagte er.«

»Wie kannst du nur um diese Zeit einen fremden Menschen hereinlassen?«

»Er ist nicht fremd, Sir, Swift –«

»Was kümmert dich das? Ich sagte dir doch, – was alles passieren könnte! Wann kam er denn?«

»Vor einer halben Stunde.«

»Und ist noch oben? Ist Kitty bei der Mama?«

»Missis schickte die Kleine zu Bett.«

»Na, das ist aber –«

Eilige Schritte kommen die Treppe herauf.

»Ich muß ihm ja wie ein Gespenst erscheinen, er wird erschrecken. Wollen Sie ihn nicht lieber vorbereiten?« unterbrach flüsternd Henry die schwüle Stille. Bessy blickte unwillkürlich auf die Türe in das Nebenzimmer, sie schwankte noch, da tönten die Schritte vor der Tür.

»Bleiben Sie, – Mister Smidt,« sagte sie auffallend laut.

Henry durchschaute ihre Absicht.

Das Geräusch der Tritte verstummte für einen Augenblick, dann wurde die Tür plötzlich weit aufgerissen.

Weltz trat ein, er konnte Henry noch nicht sehen, die geöffnete Tür verdeckte seine Gestalt.

Der durchdringende Blick Bessys, der zugleich warnend und drohend auf ihm ruhte, bannte ihn einen Augenblick auf die Schwelle. Ein unerklärliches Grauen packte ihn, sie hob langsam den Arm.

»Der Mann von der ›Columbia‹ ist hier, dich zu besuchen,« sagte sie.

Wie ein Wild, mitten durchs Herz geschossen, oft noch einen Augenblick regungslos stehen bleibt in Todesstarre, so Bernhard. Er fühlte ein kaltes Rieseln im Blut, die Haare aus seinem Haupte sträubten sich. Sie wußte alles! Er hätte sich ihr zu Füßen gestürzt in seiner Verzweiflung, aber dieser furchtbar rätselhafte Blick hielt ihn gebannt.

Da trat Henry hervor, in seinem Auge Haß und Hohn.

»Das ist eine Ueberraschung, Mister Weltz, aber nur eine freudige jedenfalls. Die Gewissensbisse, die Sie sich meinetwegen unnötig gemacht, sind ja nun überstanden.«

»Gewiß, – aber Sie werden begreifen, – wenn man so voneinander geschieden –«

»Wenn man so voneinander geschieden, – o, ich begreife sehr wohl,« unterbrach ihn Henry, mit Mühe sich zügelnd.

»Dann, – dann findet man sich nicht gleich zurecht,« stotterte Bernhard mit einem scheuen Blick auf Bessy.

»Du wirst dich noch weniger zurechtfinden,« begann diese jetzt, »wenn du hörst, daß dieser Mann nicht gekommen ist, um dir zu danken für das, was du für ihn getan, sondern um dich ganz ungerechtfertigterweise,« – sie betonte das Wort scharf, – »des gemeinsten Verbrechens anzuklagen, was ich mir denken kann, eines Verbrechens gegen das in meinen Augen selbst der

Mord meines Vaters, in wilder Leidenschaft begangen, nichts ist. Er klagt dich an, das Vermächtnis, welches er sterbend in deine Hände gelegt, – du weißt ja, worin es bestand, – unterschlagen und mich schmählich betrogen zu haben.«

Bernhard fühlte den Boden unter sich weichen, und zugleich erkannte er, daß alles darauf ankam, jetzt die Besinnung nicht zu verlieren. Er spannte gewaltsam die zitternden, nachgebenden Muskeln und rang mit dem Dunkel, das sich um seine Augen zu legen begann.

Dämonisch klang die Anklage, die Schlechtigkeit seiner Tat wuchs ins Ungeheuerliche in ihrem Munde, und aus dem Dunkel, das ihn umgab, hob sich, ihn blendend, verzehrend wie eine Sonne, in die er nicht blicken konnte, die Seelengröße seines Weibes, die, in ihrem Heiligsten sich betrogen sehend, im Innersten empört, ihn noch zu retten versuchte für die Welt, für sein Haus, für die Kinder, – vielleicht, – das war der einzige Strahl, der die Finsternis durchzuckte, – für sich selbst!

»Und du hast ihm gesagt, daß er mir unrecht getan, daß ich das Geld, an dem das Blut deines Vaters klebte, dir überbrachte, mit der Bitte des Sterbenden um Verzeihung, hast ihm gesagt, wie er nur an die Möglichkeit einer solchen Schandtat denken könne, ein Wort, in solcher Stunde gegeben, zu brechen, dieses Sündengeld zu behalten und damit dich, der es gehört, zu betrügen, damit sich in dein Herz zu stehlen. Alles wohlbedacht, wohlerwogen, nicht im Sturme der Leidenschaft, – ein solcher Schurkenstreich, – das hast du ihm gesagt, nicht wahr, Bessy?«

»Das habe ich ihm gesagt,« erwiderte sie mit bebender Stimme.

Bernhard suchte eine Erleichterung in dieser Selbstverurteilung, er mußte um jeden Preis sich wieder hinaufringen können zu diesem Weib, das jetzt so hoch über ihm stand; – das war der erste Versuch.

Man konnte aus dem erschütterten, schmerzlichen Tone, mit welchem er die Worte sprach, ebenso gut bittere Kränkung, ein schwer verletztes Gemüt heraushören, und wäre Henry seiner Sache nicht so sicher gewesen, er hätte leicht irre werden können, so aber hörte er daraus dasselbe wie Bessy, – das volle Bekenntnis der Schuld, die vernichtende Selbstanklage. Doch das war keine Sühne, und er fühlte die Wirkung dieser zerknirschten Worte auf Bessy. – Er erkannte sie in ihrem zuckenden Antlitz, in ihrem sich feuchtenden Auge; das Mitleid regte sich in ihr. Er hatte vorhin sich viel zu früh gefreut, denn sie haßte Bernhard nicht, sie liebte ihn noch immer, und wenn er, Henry, das Zimmer verläßt, so wird es eine rührende Szene geben, Tränen, Schluchzen, Schwüre. Er selbst wird diesem Manne verholfen haben zu dem, was dieser zu feig war selbst zu erringen, Vergebung, Vergessen, Ruhe, und er, Henry, wird weiterziehen, ungeliebt, einsam, geächtet, das Brandmal des Mordes ewig auf der Stirne.

Was hindert ihn denn, diesen beiden die Masken gewaltsam abzureißen, seine Beschuldigungen von neuem zu erheben?

Schon trat er, dazu entschlossen, herausfordernd vor Bernhard, schon schwebte das Wort auf seinen Lippen, das damals sein letztes gewesen, als Todesnacht ihn umfing: ›Mitmörder‹.

Da trat Bessy dazwischen mit einem flehenden, beschwörenden Blick, der ihn verstummen ließ. Sie reichte ihm die Hand, er ergriff sie zögernd. »Ich danke Ihnen.«

Das Wort kam aus ihrer tiefsten Seele. Wie ein Himmelsstrahl senkte es sich in seine wunde, haßerfüllte Brust, besänftigend, tröstend. Bernhard verstand seinen ganzen Inhalt, er sah die Blicke, die Hände, die sich vereinigten über dem Abgrund, in den er stürzte; er ahnte, welchem Gefühl in der Brust dieses Mannes er allein die Schonung zu danken hatte. Die Schlangen der Eifersucht erwachten wieder aus ihrem Schlaf und doch sprach er es für sich mit, dieses ›ich danke‹, und er hätte alles gegeben, wenn er auch diese Hand hätte ergreifen können, die er zu seiner Qual in der seines Weibes, wie es ihm schien, unendlich lange liegen sah.

Das entsetzliche Spiel war aus, keiner hatte den Mut, es weiterzuführen.

»Nachdem Sie jetzt wissen, was Sie, wie ich wohl begreife, wissen mußten,« sagte sich aufraffend Bernhard, »rate ich Ihnen dringend, die Gegend zu meiden. Wenn man Sie erkennt, – und man wird Sie erkennen –«

»Unnötige Sorge, Mister Weltz, ich verlasse die Gegend nicht und werde Ihnen doch nicht mehr lästig fallen. Ich habe den Mut, den allerdings nicht jeder hat, – mich selbst den Gerichten zu stellen!«

Das war Henrys letzte Rache; ein bitterer, verächtlicher Zug, der auf Bessys Antlitz erschien, verschärfte sie. »Verzeihung, Missis, für das, was ich Ihnen getan, ich werde es sühnen.«

Sie reichte ihm noch einmal die Hand.

»Sie haben es schon gesühnt.«

Noch einmal blieb Henry dicht vor Bernhard stehen, als warte er auf etwas, – dann eilte er hinaus. Bernhard fühlte eine Schwäche, er mußte sich setzen.

Bessy stand aufrecht, regungslos auf den Kamin gestützt. Ohne daß er aufsah, fühlte er ihren Blick auf sich ruhen, er sah nur vor sich die Spitze ihres kleinen Fußes auf dem Teppich nervös sich auf und ab bewegen. Unten winselte und heulte Swift seinem Freunde nach, dann wurde es ganz still, auch der Fuß hörte auf, sich zu bewegen. Er wäre dankbar gewesen für ein vernichtendes Wort, für den bittersten Vorwurf, für ihren Zorn und ihre Verachtung, nur ihre Stimme hören, nur nicht dieses das ganze Zimmer zum Ersticken füllende Schweigen, das er doch nicht brechen konnte, wortlos dem Ungeheuren gegenüber, was sich soeben ereignet.

»Du scheinst Glück gehabt zu haben mit der Quelle, daß du heute noch gekommen bist.«

Bernhard hob erstaunt das Haupt. Sprach das Bessy? So sehr er aufatmete beim Klang der Stimme, diese Frage, – jetzt, – ängstigte ihn.

»Ueberraschendes Glück,« erwiderte er, »nicht tiefer als 100 Fuß und sehr reich; ich dachte erst morgen, – doch das ist jetzt alles gleich,« setzte er, das Haupt senkend, in schwerem Tone hinzu.

»Gerade jetzt ist es nicht gleich,« erwiderte sie mit kaltem Nachdruck, – »es wird dich entschädigen für andere Verluste, du bist ja ein sehr praktisch denkender Mann und wirst damit den Ausfall decken, so gut es eben geht.«

Er verstand sie. Jetzt tat sie ihm unrecht, das stärkte ihn, er erhob sich aus seiner schwächlichen, furchtsamen Verfassung.

»Du hast jetzt das Recht, mich als Ehrlosen zu behandeln, mich zu beschimpfen, den Fehler –«

»Fehler?« unterbrach ihn Bessy.

»Recht! Nenn' es Verbrechen, Schurkenstreich, – also den Schurkenstreich, den ich begangen, als Grundlage meines ganzen Handelns dir gegenüber zu nehmen, die drei Jahre unserer glücklichen Ehe als Fortsetzung desselben. Meine Liebe zu dir war Heuchelei, ich hätte das Geld am liebsten für mich allein behalten, ich heiratete dich nur, um mein Gewissen zu beruhigen, die glühenden Bekenntnisse, die seligen Stunden, alles war Lüge, infolge dessen habe ich ja eigentlich jetzt nichts verloren, die Enthüllungen dieser Stunde waren für mich nur peinlich, wie es für Schurken der Moment ihrer Entlarvung ist. Aber sie ist vorüber, ich schüttle sie ab, vergesse sie und lebe ruhig in dem Besitz dessen weiter, was ich glücklich durch meine Schurkerei erreicht. Der Verlust deiner Liebe, deiner Achtung verschmerzt sich, die erste verlangte ich ja gar nicht, die zweite kann ein Mann wie ich ja entbehren, – das ist das Bild, das du dir jetzt von mir machst, nicht wahr?«

»Nein, – das ist es nicht,« erwiderte sie mit geröteten Wangen. »Wie schlecht verstehst du dich doch auf ein Frauenherz! Gewiß liebtest du mich, ich bin überzeugt davon, das ist's ja, – o Gott –« Sie rang mit ihren Tränen. »Wenn ich mir dieses Bild von dir machte, wäre es ja leicht zu tragen, ich wäre einfach eine Betrogene, wie tausend andere, würde verachten und vergessen, aber nein, du liebtest mich, und doch war ich dir nicht zu gut für diesen Betrug, doch fandest du nicht den Mut, mir alles zu gestehen. Darin liegt für mich aller Schmerz, – daraus sehe ich, wie es gekommen wäre, wenn du mich nicht geliebt hättest, wenn ich dir gleichgültig gewesen wäre, als wir uns begegneten. Du hättest dasselbe getan, deinen gewissenlosen Plan doch ausgeführt, mich zum Weibe genommen. Ich wäre das Opfer eines vorbedachten Betruges geworden, darin liegt die untilgbare Schuld, die mich vor dir schaudern macht, ganz abgesehen von dem Verbrechen an Henry Smidt, von dem Umstande, daß, wie du selbst sagtest, das Blut meines Vaters an deinem Raub klebte; daran will ich gar nicht denken im Uebermaß dessen, was du an mir getan.«

Die Wahrheit dieser Vorwürfe erdrückte Bernhard fast. Das alles hatte er sich ja selbst schon tausendmal gesagt.

Er wankte auf Bessy zu, fiel auf die Kniee und weinte bitterlich.

»Verzeih'! Vergib!«

»Vergib! – Was hilft das Vergeben? Ein Weib, das liebt, muß achten können.«

»Das liebt!«

Bernhard rief es laut, wie aus Höllenglut Erlöste aufschreien mögen zum Zeichen des Heils. »Das liebt! – Und ein Weib, das liebt, kann alles vergeben, selbst ein Verbrechen, – so sagtest du einst selbst.«

Bessy war tief bewegt, sie überließ ihm ihre Hand: »Vergeben, Bernhard? O, wie leicht wäre mir das! Aber achten, – achten, – dazu verhilf mir, oder ich verzweifle.«

Bernhard erhob sich. Die Achtung erwarb er sich hier auf den Knieen nicht zurück; ihre Liebe hatte er nie verloren, aber auch diese schien ihm jetzt wertlos, ein dürrer Ast ohne jene.

Er glaubte den einzigen Weg vor sich zu sehen, den er gehen müsse, obwohl er kein Ende sah, kein Ziel – »Dazu wird vor allem nötig sein,« sagte er nicht ohne eine gewisse herbe Bitterkeit, »daß ich den Ausfall, von dem du eben gesprochen, nicht decke, so gut es geht – – scheiden wir, Bessy! Ich gebe dir wenigstens als redlicher Verwalter verzehnfacht zurück, was ich dir genommen, und nehme nichts mit als die Hoffnung, daß die Liebe, die du trotz allem nicht verloren, dir wieder zur Achtung verhilft.«

Bessy starrte gedankenvoll vor sich hin, einen Ausweg suchend.

Bernhard stimmte der Gedanke der Trennung weich. Er ergriff ihre Hand, er zog sie sanft an sich, sie ließ es apathisch geschehen.

»Bin ich fort,« seine Stimme klang jetzt kosend, »so wirst du nicht mehr durch meinen Anblick stets nur an das Schreckliche erinnert, dann, Bessy, – glaube mir, – wirst du allmählich milder urteilen, du wirst Schmerz empfinden, – o ja, das wirst du, – bitteren Schmerz. Du wirst der Stunden gedenken, die keine Täuschung waren; die Kinder werden dich nach dem Vater fragen, du wirst nicht sagen können: ›er ist gestorben‹, du wirst nicht sagen: ›schweigt von ihm, er ist ein Schurke‹, sondern: ›er kommt wieder, – bald kommt er wieder!‹ und wirst dabei meiner gedenken, nicht wie man eines Verachteten denkt. – Und eines Tages wird er wirklich wiederkommen, wird vor dich hintreten, eine Frage im Blick, und du wirst diese Frage bejahen, ihm an die Brust sinken und weinen, und alles wird wieder gut sein!«

Bessy nickte träumerisch mit dem Haupte, während Träne um Träne die bleichen Wangen herabrollte; sie verfolgte sichtlich in ihren Gedanken den Weg Bernhards.

»Das wär's,« flüsterte sie, »ja, das wär's! Aber die Kinder, dein Name, die Ehre des Hauses! Der Gedanke allein gab mir ja die übermenschliche Kraft zu dem falschen Spiel, das ich mit diesem Unglücklichen eben gespielt. Es soll nicht über die Schwelle dieses Zimmers kommen, was zwischen uns liegt.«

Ihr Gesicht gewann jetzt einen energischen, trotzigen Ausdruck. – »Nein, es soll nicht, ich will es nicht.«

Sie erhob sich jäh, seine Hand abschüttelnd. »Wir bleiben beide und tragen unser Schicksal. Den Weg, den du angibst, können wir auch so gehen; man kann unter einem Dache wohnen und doch getrennt sein von einander. Der gemeinsame Ort macht's nicht aus, vielleicht ringe ich mich durch, – auch ich hoffe es, – und kann deine Frage bejahen, mit der du einst hintrittst vor mich.«

Sie hatte sich während ihrer Worte langsam der Türe, die in das Nebenzimmer führte, zugewandt.

»Bis dahin leb' wohl, Bernhard.«

Er starrte lange auf die sich noch bewegenden Falten der Portière, hinter der sein Weib verschwunden war.

Sie hatte recht, der Ort machte es nicht aus, dieses Stück Tuch rauschte wie ein endloses Meer zwischen ihnen, – aber am fernen Horizont flimmerte ein heller Stern, – die Hoffnung.

*

Die Kunde von der Selbstanzeige des Mörders Crosbys, welcher schon längst als verschollen galt, erregte allgemeines Aufsehen; das war hierzulande noch nicht vorgekommen.

War man seinerzeit im höchsten Grade erbittert über die Tat und bereit gewesen, den Mörder, falls man ihn zu fassen bekäme, ohne weiteres Urteil an den nächsten besten Baum aufzuknüpfen, so hatte Henry Smidt jetzt alle Sympathieen des heißblütigen, leicht beweglichen Volkes für sich, das nichts höher schätzt, als den persönlichen Mut. Die Gerichte, welche erfahrungsgemäß von seiten irgend welcher Heißsporne einen Befreiungsversuch oder wenigstens ostensive Kundgebungen der Volksstimmung zu befürchten hatten, beeilten sich mit der Verhandlung.

Als aber in derselben der allgemein geachtete Mister Weltz als Zeuge auftrat und beschwor, daß Henry Smidt die Summe von fünfzigtausend Dollar, welche der alte Crosby bei sich getragen, an seine Gattin Bessy zurückbezahlt habe, demnach überhaupt kein Mord, sondern höchstens ein Totschlag infolge eines heftigen Streites, der sich zwischen beiden Männern entsponnen, vorliege, da fehlte nicht viel, daß man den Angeklagten mit Gewalt befreit hätte.

Man murrte laut, als das Urteil verkündet wurde, – zwei Jahre Gefängnis.

Nach der Verhandlung verlangte Mister Weltz den Delinquenten zu sprechen, bevor dieser in das Gefängnis abgeführt wurde. Er blieb über eine Stunde in der Zelle und verließ sie mit strammerer Haltung, als er sie betreten.

*

Drei Wochen waren vergangen seit jenem verhängnisvollen Abend, ein oberflächlicher Beobachter konnte nicht ahnen, was sich damals auf Crosby Ranch ereignet hatte. Die fast ständige Anwesenheit des Herrn in Petrolia war bei der immer wachsenden Ausdehnung des Unternehmens sehr begreiflich erschienen. Kam er Tags über nach Hause, so verkehrte er scheinbar wie früher mit Bessy, nur war sie nie allein mit ihm, die kleine Kitty war stets bei ihr, und das Gespräch drehte sich nur mehr um geschäftlich notwendige Dinge. Anfangs beunruhigte ihn ihr Blick, er glaubte etwas Beobachtendes, Prüfendes darin zu sehen, dann merkte er, daß dies reine Einbildung war, daß im Gegenteil eine apathische Ruhe darin lag, welche auf die Dauer viel qualvoller für ihn sein mußte.

Kleine Aufmerksamkeiten, welche er ihr anfangs zu erweisen versuchte, wies sie in einer fast mitleidigen Art ab, daß er sich dieses kindischen Verfahrens schämte.

Als er von der Gerichtsverhandlung über Smidt zurückkehrte, kam sie ihm zum erstenmal in einer sichtlichen Bewegung entgegen, schon faßte er Hoffnung.

»Ich war bei ihm, er hat alles vergeben.«

Er sah sie fest an bei diesen Worten, als wollte er jetzt schon die entscheidende Frage an sie stellen. Es war ja eine bittere Stunde für ihn gewesen, in der er viel gebüßt. Sie erriet seine Absicht, und wieder erschien das mitleidige, schwache Lächeln auf ihrer Lippe.

»Wie lautet das Urteil?« fragte sie.

»Zwei Jahre Gefängnis. Ich habe für ihn getan, was ich tun konnte.«

»Zwei Jahre,« sagte sie, nachdenklich mit dem Haupte nickend. »Und doch hat er recht getan, es hätte ihn nimmer ruhen lassen, – ohne Sühne keine Ruhe!« – Dann ging sie wieder und sprach nie mehr über diesen Gegenstand.

War ihm das auch als Maß bestimmt von Bessy, zur Sühne – zwei Jahre? Wollte sie ihn nicht glücklich, frei sehen von der Fessel, die sie ihm auferlegt, bevor jener frei war? – Warum quälte sie ihn nutzlos, wenn sie ihn doch liebte? Er war oft daran, die Fesseln gewaltsam zu zerbrechen, ihr Vorwürfe zu machen, dann sah er wieder ihre tränennassen Augen, eine tiefe Trauer in ihrem ganzen Wesen, – sie litt mit ihm, es war kein Eigensinn, keine andern schlimmen Hintergedanken lebten hinter dieser Stirne. Eben, weil sie ihn liebte, kämpfte sie jede weichere Empfindung nieder, die sie verleiten konnte, zu früh ihm die Hand zu bieten. Das entwaffnete ihn.

62

So war ihre Zurückhaltung keine erzwungene, sondern eine von selbst sich ergebende, sie konnte mit ihm augenblicklich nicht so innig verkehren, wie bisher, ohne selbst zu heucheln. Aber sie war überzeugt, daß mit der Zeit es so kommen würde, wie er gesagt; daß sie milder urteilen, sein Bild sich wieder klären, das Vertrauen und mit ihm die Achtung wiederkehren werde. Sie war auch überzeugt, daß dieser Prozeß sich rascher vollziehen würde in seiner Abwesenheit, durch eine zeitliche Trennung; doch dafür hatte sie nicht so heldenhaft mit Smidt gekämpft, es mußte auch so gehen, – nur Zeit bedurfte es, und jede Uebereilung war gefährlich, die giftige Wunde mußte allmählich, aber völlig ausgebrannt werden, sonst fraß sich der Giftstoff immer wieder durch und richtete neues Unheil an. Die volle Energie des Arztes gehörte dazu, und sie verfügte darüber.

Nach einigen Monaten schon sah sie die sichere Heilung vor sich. Die Art und Weise, wie Bernhard die Buße hinnahm, als eine wohlverdiente, sein ständiges, stilles Werben ließen sie immer mehr erkennen, daß er sie da nicht betrogen, wo sie einen Betrug nimmer hätte ertragen können, in seiner Liebe, und damit fiel alles andere immer mehr in sich zusammen. Sie kannte sich selbst nicht, ihre ganze Entrüstung, ihr ganzer Schmerz galt weniger der häßlichen Tat, als der Furcht und der weiblichen Scham, in ihrer Liebe betrogen zu sein. Sie sah den Augenblick immer näher rücken, wo sie die Frage Bernhards bejahen könne, ja in der letzten Zeit wartete sie nur mehr auf einen Anlaß von seiner Seite, doch der blieb auffallenderweise aus, nicht einmal den Blick schenkte er ihr, den aufzufangen sie schon bereit war. Sei es, daß er eine neue Abweisung befürchtete, sei es, daß der Stolz sich in ihm regte, – sie hoffte mehr das letztere, und in einer echt weiblichen Schwäche freute sie sich auf den Augenblick, wo die Liebe, die mächtig nach Erlösung in ihm rang, jenen überwinden werde; das schien ihr auch die Feuerprobe zu sein.

Bernhard konnten die seelischen Wandlungen Bessys nicht entgehen, er wartete zu brennend darauf. Er fühlte jetzt stärker als je, daß ohne sie sein Leben keinen Inhalt habe, ebenso erkannte er aber auch die Notwendigkeit des operativen Vorganges, der sich so schmerzlich für ihn vollzog. Es war unmöglich für beide Teile, über diesen verhängnisvollen Abend mit einem kühnen Sprung hinwegzusetzen, er konnte nur allmählich überbrückt werden.

Einen Tag hatte er sich zur Grenze gesetzt, den vierten Geburtstag Kittys. Er hatte sich alles schon ausgedacht. Um die zehnte Stunde, nachts, vor vier Jahren, da war in Bessy zum erstenmal die Wahrheit aufgedämmert, und da hatte er den kostbaren Augenblick des Geständnisses verscherzt. Um dieselbe Stunde wollte er jetzt vor sie hintreten, in demselben Raum, den er seit einem halben Jahre nicht mehr betreten, mit Kitty im Arm. Die Stunde wird wieder auftauchen aus der Vergangenheit und wird ihm jetzt bringen, was er damals versäumt, Erlösung für immer.

Auch Bessy erwartete, ahnte etwas.

»Uebermorgen sind es vier Jahre« sagte er mit einem Ausdruck in einem Tone, der sie alles erraten ließ.

Wieder saß sie wie damals in der Wohnstube beim Schein der Lampe, wieder toste draußen der Wintersturm.

Bernhard war nach Tisch fortgeritten, er war den ganzen Tag auffallend erregt gewesen, freudig, erwartungsvoll, wie es ihr schien, und als er fortritt, rief er ihr noch hinauf: ›Auf Wiedersehen, heute abend!‹ Das war schon lange nicht mehr vorgekommen; sie konnte es nicht übers Herz bringen, sie mußte ihm zuwinken.

Wie sie so nachdachte, kam es ihr vor, als währe dieser Zustand schon jahrelang, als sei undenkliche Zeit verstrichen seit dem letzten Kuß, dem letzten warmen Händedruck von ihm. Sie ging im Geiste zurück bis zu dem Tag, wo sie ihn zum erstenmal gesehen bei William in Pèoria, wo er sie gegen diesen rohen Irländer so ritterlich in Schutz genommen hatte. Damals kannte er sie noch gar nicht, aber sein unglückseliger Plan stand in ihm schon fest, er sah in dem Trunkenbolde den Beleidiger seiner künftigen Frau. Sie hatte auf ihn im ersten Augenblick einen starken Eindruck gemacht, vielleicht auch nur als das Wesen, mit dem sich seine Phantasie schon tagelang beschäftigt, das geopfert werden mußte.

Dann begann der Kampf in seinem Innern, mit seinem Gewissen. War es das Verlangen nach dem Besitz des Geldes, nach einer gesicherten Existenz, oder die Furcht, sie nicht gewinnen zu können als armer Mensch, welche ihn unterliegen ließ? – das war die Hauptfrage! Bevor er sie kennen gelernt, war es unbedingt das erstere, darüber war kein Zweifel, aber dann, – dann? – Was kümmerte sie am Ende das Vorher! Dann war es die Furcht einer ängstlichen Liebe, sein den Stempel der Wahrheit tragendes Liebesbekenntnis, als sie zusammen nach Pèoria zurückfuhren, die Mühe, die er sich gab, das ihm augenblicklich verhaßte Geld ihr aufzudrängen, zeugten dafür.

Warum gestand er ihr das nicht alles vor vier Jahren? Sie ahnte ja damals schon alles und war bereit, ihm rückhaltlos zu vergeben, – die Eifersucht, der Haß gegen diesen Smidt banden ihm die Zunge, auf den Totgeglaubten noch war er eifersüchtig. Er fürchtete, dem vom Verdachte des Raubes an ihrem Vater Gereinigten werde sie ein Andenken bewahren, das ihm peinlich sein müßte, – aber aus was entspringt Eifersucht, als aus Liebe?

Das lange zurückgedrängte Gefühl brach sich plötzlich Bahn und vernichtete alle Schlüsse des ruhig überlegenden Verstandes. Das liebende, sich sehnende Weib erwachte in ihr, da mußte der Richter schweigen.

Sie sah auf die Uhr, – acht Uhr! Noch zwei Stunden, er wird keine Minute versäumen.

Gott! wenn sie sich irrte, wenn er nicht käme, – wenn er auch diese Stunden verstreichen ließ, – wenn –

Eine unendliche Bangigkeit befiel sie, – sie eilte an das Fenster. Was das für eine sonderbare Helle war dort über dem Walde, in der Richtung gegen Petrolia? Zwar sah man dort oft so einen hellen Schein, die Lohen der Raffinerie, aber doch nur in einer klaren Nacht, und nicht so dunkel gefärbt, so drohend emporwallend wie heute. – Sie wollte Loo rufen, doch kam diese von selbst hereingestürzt.

»Haben Sie schon gesehen, Missis, – Feuer!« Bessy schrie auf, ein entsetzlicher Gedanke kam über sie. Sie konnte die Füße nicht fortbewegen und starrte in die sich hebende und senkende Glut, die immer intensiver wurde. Plötzlich schlug eine breite Flammenzunge empor, den dunklen Wald beleuchtend, ein dumpfer Knall machte die Fenster erzittern.

»Petrolia steht in Flammen!« kreischte Loo.

»Mein Pferd! Um Gottes willen, mein Pferd!«

Sie eilte aus dem Zimmer, hinaus in Sturm und Schnee.

»Mein Pferd! Mein Pferd!« gellte ihr Ruf.

Ein Knecht führte es vor, sie schwang sich hinauf, wie sie war, im dünnen Hauskleide; vergeblich eilte Loo um einen Ueberwurf, bat der Knecht, sie möge doch nicht allein reiten. Sie antwortete nicht, riß ihm die Zügel aus der Hand und jagte in die Nacht hinaus, welche die jetzt wild aufschießende Lohe erhellte. Ueber schneebedeckte Felder, über gefrorene Bäche, geradeaus dem Brande zu.

Ein Waldstrich trennte sie noch davon, er glühte wie Morgenrot, – da lag Petrolia, ein Feuermeer.

Die Raffinerie stand in Flammen, eben neigte sich ein Kamin und stürzte prasselnd in den Schlund der Feuerwogen. Mitten aus diesen heraus flogen mit dem Knall eines schweren Geschützes feurige Bomben in weiten Bogen.

Der letzte Kessel war zerplatzt; zischenden weißen Dampf auswerfend, ergoß sich ein feuriger Strom die Anhöhe herab in den grell beleuchteten Fluß, das befreite, brennende Oel.

Die Fabrik schien ihrem Schicksal überlassen, der Platz vor ihr war leer; hinter ihr, wo ein zweiter Feuerherd sich zu befinden schien, tönte wilder Lärm, Kommandorufe, Aufschreie, Gekreisch; die Arbeiterhäuser standen in Flammen. Dort, wo die Not am größten, die Hilfe am notwendigsten, mußte auch er sein. Dorthin eilte sie, mitten durch rauchende Trümmer, Qualm und Funkenregen. Aus Holz zusammengefügt, waren die meisten Häuser schon eingestürzt. Händeringende Frauen, schreiende Kinder drängten sich im Widerschein der Flammen um zusammengeworfenen Hausrat. Das größte Haus, – Bessy hatte es oft besucht, es war das Lazarett – stand noch, bereits bog und blähte sich das glühende Pappdach. Hier herrschte das ärgste Gedränge, ein ratloses Helfen, Flüchten, Hin- und Herrennen, Flehen. Ein Weib rannte, fast entblößt, schreiend gegen die Türe, aus der schwarzer Rauch und hie und da eine rote Flamme leckte.

Ein Mann ereilte sie noch zu rechter Zeit und riß sie zurück.

»Laßt, laßt mich zu Bob – er kann ja nicht – sein Fuß – o Bob!« –

Aus den Trümmern drangen unverständliche, halberstickte Rufe, ein Fenster brach klirrend zusammen, wohl von innen aufgestoßen.

Bessy sprengte mitten unter die Leute.

»Wo ist Mister Weltz?« rief sie mit von Rauch halberstickter Stimme.

Einen Augenblick starrte alles, das Entsetzliche selbst vergessend, auf die Reiterin.

»Den Bob holt er!« rief eine Stimme, »mit dem lahmen Bein! – Ins Haus – Hurra für Mister Weltz!«

Alles stimmte ein.

Da geschah etwas Ueberraschendes.

Die Reiterin sprang vom Pferde und eilte gegen die Tür des brennenden Hauses. Niemand dachte daran, sie zurückzuhalten. Zwei Männer stürzten eben heraus, weit vorgebeugt, die Arme vor dem Gesicht, taumelnd.

»Es geht nicht, die Höll' ist los dadrin!« schrieen sie, und gleichsam zur Bestätigung dieser Worte barst knatternd das Dach und gab den Flammen Raum.

»Weltz?« schrie Bessy den beiden fragend zu. Sie deuteten stumm zurück auf das Haus. Sie stürzte vorwärts gegen den qualmenden Eingang, da schoß eine Feuergarbe ihr entgegen. Sie taumelte zurück, sie sah die brennende Treppe und auf ihr eine dunkle Gestalt mit einer Last im Arm, wankend, sinkend, einen Mann – Bernhard.

»Bernhard!«

Sie stürmte vor, trotz der warnenden Zurufe von allen Seiten.

Er vernahm den Ruf. Er gab ihm noch einmal die Kraft zum atmen, vorwärts zu eilen. Da bewegte sich im dunklen Rauch vor ihm eine taumelnde Gestalt. Jetzt umfaßte sie ihn, zerrte ihn gegen den Ausgang; als die frische Luft ihn umfing, stürzte er zu Boden, samt dem lahmen Bob.

Das Haus sank mit dumpfem Krachen in sich selbst zusammen.

In dem Flackerscheine der jetzt frei sich tummelnden Flammen sah Bernhard das geschwärzte Antlitz Bessys über sich gebeugt. Er bedurfte keiner Frage, keiner Antwort mehr.

Er fühlte sich aufgehoben, er hörte seinen Namen von allen Seiten rufen. Das Gesicht Bessys verließ ihn nicht, es schien jetzt über ihm zu schweben, von glorienhaften Flammen umzuckt, – der Friede, die Sühne, die Liebe.

Dann war es ihm, als ob er auf den Klippen liege, vom Meer umrauscht, über ihm schwebte ein schneeweißer Vogel, – er stieg höher, immer höher am feurigen Firmament, bis er in einer finsteren Rauchwolke verschwand und mit ihm alles.

*

Bernhard Weltz konnte die Leitung seiner ausgedehnten Besitzungen nicht mehr führen, obwohl sich Petrolia rasch wieder aus den Trümmern erhob. Sein rechter Arm war verkrümmt, unbrauchbar, das Antlitz von einer breiten Brandnarbe entstellt, – doch zögerte er ein volles Jahr lang mit der Wahl eines geeigneten Verwalters, so sehr Bessy ihn auch drängte. Endlich fragte er sie doch eines Tages, ob sie bereit sei, den neuen Direktor von Petrolia zu empfangen.

Sie bejahte es, überrascht von der auffallenden Vorbereitung, die sonst nicht seine Art war. Henry Smidt trat ein am Arme Bernhards, der seine Tat gesühnt hatte.

Die letzte Klippe war umsegelt, vor ihnen lag spiegelglatte, wonnige See, vom Morgenrot einer glücklichen Zukunft durchglüht.